一不小心
我的青春
風起雲湧

目錄

Contents

登場人物

林青青

本故事主角，一個平凡又矮小的中三女生，喜歡看書，在老師鼓勵下開始嘗試寫小說。看上去相當親切乖巧，對每個人都會微笑著打招呼，甚至會令人覺得是有點唯唯諾諾的人；實際上卻有著不可告人的嗜好：喜歡獵奇和重口味，最愛看各類駭人聽聞的奇案。直至遇上胡賢，才開始一步步露出真我。

亦風

3A班的男生頭頭，足球校隊的王牌，爽朗的陽光男孩。喜歡推理小說，在看過青青的作品後便成為了她的小FANS，並漸漸成為好朋友，甚至開始生出愛意。

胡賢

一個沒什麼存在感的中三男生，有點矮，瘦削。喜歡動漫畫和繪本，典型的害羞宅男。從另一班調來青青所在的A班，雖然似乎總是在迴避和他人的交流，卻奇怪地跟亦風這種體育系陽光男生是親密朋友。

Characters

米八

立志成為記者的女生。高，非常高，已超過一米七，眾人都期待她突破一米八的一刻，所以稱她為米八，不過當中其實也有別再八卦的含意。從中二開始就在IG上經營學校的Secret page，以披露學校的不公及不可告人的秘密為己任。

Wiki

近視近千度的四眼中三女生，青青的飯友團。喜歡看各種小知識和冷知識，猶如人肉維基百科一般，所以被稱為Wiki。比青青更安靜的女孩，卻偶爾會說出一針見血的話，是個隱性吐槽役。

卡樂B

貪吃的微胖女生，一直想融入班中人氣女孩們的圈子，一度也是青青的飯友團一員。吃東西總是津津有味，感覺是個適合當吃播的女孩。對展露精湛球技的胡賢心生傾慕。

阿陳

3A班的班主任，三十多歲，並兼任中文科及圖書館的主任。打扮和教學亦很隨性，留著一頭長髮。因為學校風氣及壓力等問題，所以紮成髻並以保育傳統文化作自辯得以留住秀髮，長期穿T恤牛仔褲，和學生打成一片，不過近年因為身為主任卻沒什麼實績，承受校方不少壓力。

Chapter 1

嘔心怪人奪座男

藍天、白雲、清風、烈日、蟬鳴……還有連綿不斷的雨水。

這就是香港的夏天。

也是青春的夏天。

九月一日。

新學期的開始。

開始於一個烏雲壓頂的陰天。

不過對於開學的學生來說，天氣再壞，也比不過開學日的悲壯，他們巴不得風雨來得更猛烈一點，紅色暴雨警告、黑色暴雨警告甚至是八號、十號的大颱風！

只可惜，今天只是一個雨雲積著積著，尚未瀉得下來的，煩人、悶熱又毫無特色的陰天。

就在這天，林青青如常地被6時28分的鬧鐘吵醒，即使背著一整個暑假積累下來的熬夜睡眠債，她還是成功在每5分鐘鳴叫一次的鬧鐘響到第五次時爬了起床。經過了尚算細心又具效率的梳洗後，如常地在7時32分出門，算上在街角茶餐廳買麵包的時間，青青剛好如預算般在8分鐘後來到小巴站。

「很好，仍能趕上小巴！」無視茶餐廳中的退休老人們那彷彿在嘲諷途人忙碌的目光，青青一邊急步一邊心想：「畢竟睡過頭也在我的計算之內。」

在青青的計算當中，她將順利趕上這兩年來都準時搭上的小巴，然後安坐在最後一排的單邊座上，利用短短的11分鐘車程，在電話上觀看她最喜歡的殺人奇案節目。

但今天，那個青青私自認定是自己專座的位置，卻早已坐著一個男生，一個穿著她同校校服的陌生男生。

青青感覺自己的日常彷彿崩塌了一般，她甚至有了想尖叫的衝動，但無論是理智，還是她身後擠上車來的乘客，都在阻撓她。

無奈之下，她只好坐到「專座」旁邊的二人座上。

「哼，竟敢搶我的座位！」她在心中怒罵，還怨恨地用眼尾瞪了瞪那「奪座男」，但「奪座男」卻似乎沒留意到，反倒開始翻起書包，掏出一本發黃的陳舊漫畫單行本，封面的圖案明明是多啦A夢，但書名卻寫著《叮噹》，奇怪得很。

更奇怪的是，「奪座男」一邊看，還要一邊露出奇怪的忍笑表情。

這讓青青除了生氣之外，還多添了些噁心。她忍不住擺出作嘔的表情，然後暗自祈禱，希望不要再與這「噁心怪人奪座男」有一丁點的交集。

「各位同學，早晨！」

林青青一如以往，甫進班房便微笑著向班上眾人打招呼，同學們亦禮貌地回應。因為已經是連續第三年就讀A班，之前在網上看分班表時，亦確認只有兩個從別班調來的新面孔，所以班上大都是共處了兩年的老同學。

遺憾地，青青的祈禱不單落空，還似乎因為胡亂滋擾神明而遭到報應。

那個「噁心怪人奪座男」竟然也身處在青青的班房！而且還默默地坐到了靠窗那行的最後一排上。

「可惡！他是故意的嗎？那可是連我都不敢輕易靠近的，只屬於漫畫主角的位置啊！」

青青氣急敗壞。雖然她無法靠近那主角專座，主要是身高的問題，所以以往最多都只能坐到第三排，但她在心中仍忍不住咆哮：「雖然和那傢伙坐同一排很令人討厭，但難道要因為這樣，就放棄自己最愛的窗邊一行嗎？我偏不！」

青青就在自己的內心交戰中向怪人下了個下馬威，然後就走到窗邊第一排的座位旁，因為這裡既是自己最鍾愛的一行，同時亦是距離怪人最遠的位置。

「我才不怕你！」青青就這樣換上高傲的微笑，擺出勝利者姿態一般坐了下來。

囂鬧中，上課的鈴聲久違地響起。

沒多久，一身T恤牛仔褲，梳著頂髻，架著眼鏡的班主任陳Sir就來到課室，熟練地掌控課室中的空氣，並透過鎮壓班中主要多嘴分子的興致，令班房一下子就平靜了下來。

「都坐好了吧？」陳Sir視線橫掃班房，然後中氣十足地説道：「那麼，就來調位吧！」

「為什麼啊？都已經坐好了！」

「阿陳你在搞笑麼？」

「就這樣不好嗎？」

「你們都分做一個個小圈子地坐，上課豈不吵死？」陳Sir俐落地在黑板上畫出座位表，然後興奮地分配座位：「看我把你們都給打散，關係愈好的分得愈開！」

「不要將你單身的忿恨發洩到我們身上啊！」坐在「噁心怪人奪座男」旁的陽光男孩起鬨道。

「亦風，你給我調到這裡來！」陳Sir指向教師桌前的頭等座：「別以為我不知道，剛才偷偷叫我阿陳的也是你吧！」

「老師我知錯了！」亦風搔著自己那頭清爽的短髮，露出燦爛的笑容鞠躬道歉。

「知錯的話就來這裡反省。」阿陳卻毫不留情。亦風只好一邊垂頭沉吟，一邊收拾書包，然後乖乖走到阿陳指著的位置坐下。

「還有你們，分開分開！」解決了班中男生的領頭人亦風後，阿陳便開始快刀斬亂麻地將班中的情侶和氣氛曖昧的疑似情侶一對對拆開，然後再將其餘潔身自愛的學生隨意塞到空位中。

阿陳的魔指，從靠門口那排座位開始，一直掃蕩過去，終於指到了青青身上，然而，阿陳望了望青青後，便將魔指指向她身後了。

「呼，總算保住窗邊的座位了。」青青鬆了口氣後，就安心地欣賞著阿陳如何彈指間將班房規劃整齊。

「坐最後的那位新同學……你叫什麼來著？」阿陳發現另一名他所不認識的學生，於是便拿起學生名單，尋找陌生的名字：「胡……言？啊，是拆開的，對吧？古月賢？」

「呃……不，就是胡賢沒錯……」胡賢被指到後彈了起來，然後垂著頭，陰聲細氣地答道。

「這、這樣啊……總之，你坐上來。」阿陳也放低了聲線，然後再對另一名同學道：「米八，你坐去後面。」

「為、為什麼啊？」胡賢問。

「因為你不夠高。」

班上眾人聞言，馬上一致地回頭望向胡賢，然後一同笑了起來。

「嗚……」胡賢眼泛淚光，抱起破舊的書包，走到自己那一排的第二行座位，失落地坐了下來。

就在胡賢甫坐好的一刻，青青便轉過頭來，露出勝利者的奸笑，然後一臉滿足地準備上課。

這是開學的第一天，老師大概也明白沒有一個學生會真心渴望上課，所以才會把課本讀得像催眠曲一樣，催促大家去睡。

林青青用力撐開眼皮，想著假如所有同學都把眼瞼割下來，老師就不會知道有誰睡著了。「不過這樣可不值得。」青青吐吐舌頭，頭腦又清醒過來。

好不容易到了小息，為了逃避大家爭相問及的「暑假去了哪裡玩？」，青青便趁著空氣仍未沸騰，悄悄溜出班房，前往有藉口保持沉默的圖書館。在這裡，即使不幸遇上了同學，她只消禮貌地笑一笑，然後把食指按在唇上，就能優雅地拒絕回答任何提問。

當然，這只是林青青過慮了。因為她的同學們，根本不會在小息時走進圖書館。女的，大多只愛談如何化妝上學才能瞞天過海，什麼樣的髮型最流行，或是分享怎樣的舞步在IG大受歡迎；而男的，都帶著籃球、足球、排球，一窩蜂衝往操場，急不及待把那十數分鐘變換成汗水。

更何況，大家雖然都會禮貌地對青青打招呼，卻不太在意她，畢竟，她就像是個乖巧有禮的路人或NPC，反正，就是個班中的小角色。

「呼，安全了。」青青安靜地吐了一口大氣，然後就在圖書館游走起來。「今個學期的第一本書是哪一本呢?只可惜這裡就沒有教人怎樣肢解的書。真是的,這些事情又無法做實驗……」想著她終於在書架上找到一本叫《骨子裡的話——法醫人類學家上的骨頭課》的書。

青青俐落地從書櫃裡抽出這本書,突然有人伸手向同一本書結果意外地雙手碰上,或是有人剛好在書櫃的後方,書一抽走就正好四目交投——這些老套浪漫橋段都沒有發生。

青青抱著書,走向圖書館深處的角落,那裡有一排吧枱般的座位,每個座位之間都有一排小書架隔開,可說是整棟校舍中,除了廁格以外最能保有個人空間的位置。而且都正對著窗,窗外一半是球場,一半是植滿樹的山坡,可以一邊看書,一邊欣賞樹林風景,實在是天堂般的特等座。

那排特等座中靠著牆角數來的第二個座位,是青青的另一個專座。

為何她不選靠角的那個座位呢?因為早在一年級時,已有人比青青早一步搶佔了。青青和那人,隔著小書櫃並肩了兩年,莫說招呼,竟連對方的模樣都從未見過。因為在圖書館裡,互不打擾就是唯一的禮儀。

然而,正因為這份禮儀,讓青青錯過了與「他」的相遇,才令到青青對這個「他」的第一印象，變成「噁心怪人奪座男」。

沒錯，原來那個兩年來一直坐在她旁邊的人，正是胡賢。

雖然，即使二人早一點相識，也不會擦出什麼火花，大概只會繼續貫徹禮儀，互不打擾，但起碼不會讓青青對他的第一印象變成「噁心怪人奪座男」，也不會令青青心情如此煩躁。

「中三開學第一天心情就這麼差，全都是他的錯！」青青一邊心中罵道，一邊躁動地翻閱著《骨子裡的話》。但煩躁的思緒令她無法投入到書中世界，於是便偷偷瞄了瞄旁邊，發現胡賢桌上堆著些漫畫和繪本，自己則握著一枝只有拇指般長的鉛筆，在回條的背面一陣亂寫。

青青想望清楚一點怪人在寫什麼，便探頭過去，卻不小心碰跌了桌上的書本，咚一聲墜落地上。

胡賢聞響，馬上將食指放到唇前，殊了一聲，然後才轉過頭來，望向案發現場，發現是同班同學後，本想打打招呼，卻被青青狠狠的瞪了瞪，嚇得縮回位中，視線不敢再游離出回條之外。

Chapter 2

青青的校園日常

午飯時分。

青青不像小息般東躲西藏，因為她有幾個固定的飯友，總是結伴一同午飯。

校舍位於一個被山林圍繞的公共屋邨，邨中有個破舊的商場，場中有幾間老邁的茶餐廳，就是青青她們的飯堂。

所謂茶餐廳，賣的也不過常餐特餐午餐ABC飯或意粉，連薯菜也欠奉。但這樣沉悶的餐廳，還是能被青青玩出些新意。

青青望向掛在牆上的餐牌，A餐是黑椒牛扒，B餐是葡汁雞扒，C餐是麻婆豆腐。她稍加思索後，便揚手落單道：

「C餐意粉，熱奶茶！」

「麻婆豆腐轉意粉，凍奶茶。」

同一時間，青青背後亦傳來一把落單的聲音，不過卻比青青那朝氣十足的嗓音微弱不少，幾乎只有青青聽到。青青馬上回頭察看，想知道是誰，竟和自己一般有品味，敢於在茶餐廳中突破中西料理的隔閡。

然而，答案卻是青青所能想像的可能當中，最壞的那個——「噁心怪人奪座男」。

「胡賢！又是你！」青青不但在心中咆哮，怒意甚至滲出了眼角，嚇得同樣回頭察看的胡賢縮了回去。

放學後。

雖然放學鈴聲響起，但大部分的學生仍然眷戀在自己的座位上，或是跑到好朋友的位置旁，他們並不急著回家，反倒熱絡地討論接下來的行程，是去打波，還是去行街好呢？

「拜拜各位，明天見啦！」

唯獨青青，有條不紊地收拾好書包，然後親切地對每個走來邀請她去玩的同學道別，同時邁開腳步，不給予對方將話題延續下去的機會。

「又是這樣趕著回家，真掃興……」

「哎呀，反正早就習慣了。」

經過了兩年多的相處，大家早已習慣青青的忽冷忽熱，都只當她是趕回家溫書做功課的乖乖女，而不知道她放學後總是第一時間飆回家的原因。

當然，一來為了逃避應酬，二來，也是最主要的目標，就是趕著回家追看電視播放的動畫。

「雖然那部作品我早已在網上看過了，不過加上配音員的廣東話聲演後，又多了一種新鮮的感覺，值得再看一次呢！」青青一邊心想，一邊蹬著輕快的腳步踏出校門。

然而，甫出校門，她就發現前方不遠處有個讓人心生煩厭的背影。

「那怪人怎麼比我還快？我明明一說完老師再見就馬上收拾書包了！」青青不忿。

雖然性格有些特立獨行，但青青畢竟是個活在規條中的乖學生，所以她根本就想像不到，竟有人會為了早一步回到家，而游走在校規邊緣。

沒錯，胡賢早在放學鐘聲響起之前，就已經犯險收拾好書包，所以在與老師道別後，他就能直接奪門而出，成為全校最早離開學校的學生！

「但到底是什麼驅使那怪人如此拼命地趕回家？」

青青腦海中的疑問，在她回到家打開電視的一刻就已經得到解答。是多啦Ａ夢，電視上正在播放著多啦Ａ夢的片尾曲。

這即是說，胡賢所做的一切，都只是為了趕回家看他本應趕不及看的動畫，那怕只是最後的一小段。

多啦Ａ夢的片尾曲播畢，接下來就是青青所期待的動畫。

但此刻青青並不享受，只感覺到滿腔的挫敗。

天，似乎也在呼應著青青的心情，下起了新學期的第一場雨。當然，只是青青這麼認為而已。

雨水不斷的一個星期過去。

大部分3Ａ班的學生都已經擺脱暑假的幻痛，習慣了日復日的上學。唯獨幾個學生，不知是仍在回味長假，還是對新班別的不適應，明顯地散發著一種異於其他同學的氣場。

老師們不是沒察覺，只是都不想管太多，而且他們都認為，那幾個心不在焉的學生，自自然然就能收拾好心情。

他們似乎都不明白，學生需要學的，除了課程指引中規定的課文外，還有人生必將面對，或是已經在經歷的種種困難。但學校的老師大都認為這些應該是要由父母來教，他們只是負責教授知識；而被社會不斷折磨的父母，卻又認為，他們努力工作賺錢供書教學，就是希望老師們教好自己的子女。

但這所謂的教好，又是指什麼呢？沒有範圍和指引，老師該如何工作？所以，就讓老師和父母之間，形成了一個教育的斷層。

如何調節情緒，就處於這個斷層之中。

而3A班中，受困於這問題的學生約有三人。

第一個，是由別班調來的胡賢。原因太明顯，就是新調來，所以未能適應，老師們都有共識，認為只需要再多些時間，他就能融入班級，然後整理好上課的情緒。

第二個，是班中男生的頭頭亦風，身為校隊足球隊成員的他，天生就愛起鬨坐不定，而且他雖然口多愛搞笑，但能調節班中氣氛，是班中的開心果，所以只要他不太過火，老師們都隻眼開隻眼閉，也不期待他會突然變乖並安靜地上課。

第三個，卻是最讓老師們費解的一個，就是青青了。

明明她是最傳統的乖學生，文靜有禮，成績更是班中前五名的常客，而且和班上眾人都相處得很好，是老師們所認為的，少數完全不需要擔心費神的好學生。但這個學期，她卻似乎仍未能集中精神，總是像一壼快將煲滾的開水，躁動二字幾乎刻在了額頭上。

但明明她應該是個不必費神的乖學生呀？不過，或許……是那個，生理期吧？老師們為了不增加自己的工作量，於是默默結了案。

畢竟，要在本應不需費神的學生身上費神，實在太不划算了。

「都開學一個星期了，還未找到學習狀態，再這樣下去就跟不上進度啦！」青青不負一眾老師的期望，自行察覺了問題所在，心中反思道：「真是的，我為什麼要為了一個怪人而心神不寧？」

又經過了半堂的掙扎，終於決定要擺脱胡賢的陰影。於是，小息的鈴聲一響，她便馬上向著安穩與寧靜的圖書館，前進！

在圖書館度過了一個小息的安寧後，青青踏著煥然一新的清爽步伐歸來，卻發現課室正陷入一片騷動之中。

好奇又八卦的人群圍在黑板前，一本厚厚的書正被架在黑板上，並被粉筆字圈起了，在旁寫了好幾句字，就像是什麼案發現場一樣。

「真是的，為什麼這些中學生總是如此小題大造？不過是一本書而已，有什麼大不了的。」青青皺著眉觀察著眼前這班幼稚的同齡人，然後搖了搖頭，就靠了過去，畢竟，要八的卦還是要八的。

青青想看清那本是什麼書，但卻因為太矮小無法如願，於是便一頭擠進人群之中。

然後，她就看到，那本如行刑一般被架在黑板上的書，竟是她的珍藏《完全自殺手冊》。

這一刻，仿似是她自己被架在黑板，遭受眾人嘲諷及嫌棄，恐懼與壓力纏繞下，不但喘不過氣，甚至連手腳都不禁發麻，口腔亦逐漸乾涸。

被發現了嗎？自己那隱秘又不可告人的獵奇興趣！

「不，等等，這生死存亡的時刻更應該要冷靜！」青青是個能活學活用的好學生，她馬上用上之前看書時學到的，在遇上殺人犯時，可以迅速冷靜下來，增加存活機率的呼吸法，深呼吸了六次，每次一秒鐘。六秒鐘的深呼吸，能讓理性從大腦中掌管情緒的杏仁核中掙脱出來，讓自己重新掌握情緒主導權。

冷靜下來的青青，馬上觀察著周圍的同學，發現他們並沒有如自己想像般，全都在嘲諷和嫌棄著那本書，反倒是大部分人都在流露出擔心的表情。

「這到底是誰的書啊？」「我們班中竟然有人想自殺，真可怕！」「一定要制止這場悲劇！」「不，等等，不是讀這本書就代表要自殺吧？」「啊啊啊！我上網查了查，這本可是二十多年前的禁書啊！」

一得悉是禁書後，這群幼稚園級數的中學生又再起鬨了。

「呼，看來他們都不知道是我的書呢……」青青從人群裡抽身，並再向後退了幾步，一邊觀察，一邊細想：「不過，我是何時跌了的？」她馬上想到小息前，自己為了擺脱某人的陰影，故意精神抖擻地離開班房：「說不定是那時太用力地將課本塞回書包，才讓書跌出來的！」

想畢，青青又再瞪了坐回原位的胡賢一下。

胡賢依舊縮了一縮，卻又似乎誤會了什麼。他指了指黑板上的書，然後陰聲細氣地說：「那、那是我撿到的……是、是你的書嗎？」

青青不想回答。胡賢卻自顧自地站了起來，並道：「我……我去替你拿回。」

「不要多管閒——」比青青的心聲更快的，是一記充滿怨恨的，瞄準膝關節的輕踢。

這一踢，讓受害者與加害者都嚇了一跳，而加害者所受的驚嚇甚至比受害者還大。

但青青馬上深呼吸了兩下，然後左顧右盼，確定除了胡賢這可憐的受害者外，再沒有其他人發現剛才發生了什麼事後，就馬上逃離了案發現場，只留下滿頭問號的胡賢，還有他膝關節內側的微微痹痛。

「很奇怪，真的很奇怪。」

「而且還很有趣。」

「是新聞的味道。」

坐在班房最後的米八察覺到了，是大新聞的味道。

青青以為自己的罪行無人目擊，結果卻算漏了這位擅於隱藏自己身影的同學，同時也是她的朋友。

米八之所以被稱為米八，一來是因為她生性八卦，總喜歡打探別人私隱，所以經常被人喝道：「咪八啦！」；二來，是眾人對她身高的期望，雖然只是中三學生，卻已經身高一點七一米，是班中第二高的學生，也幾乎是全級，甚至全校最高的女學生。所以，她才能取代胡賢，坐上那漫畫主角的寶座。

雖然對她來說，那只是最後一排的角落位。

「不過正好可以觀察到全班的動態，就像天文台一樣，正好適合我。」

因為米八是一個記者，一個網媒記者。雖然所謂的網媒，只是她自己經營的一個學校secret IG page，而且follow的人也只有小貓三、四隻，但這都不能澆熄她渴望成為記者的熱誠。

「唉，我的page之所以紅不起來，是因為大眾太膚淺，消化不了教師間的男女比例失衡，以及校長用人唯親等嚴肅深度的題材，那麼，只好由我來遷就他們。」

所以，當米八發現青青和胡賢二人之間出現了奇怪的互動，甚至可以說是暴力事件後，她嗅到了，是新聞的味道，而且還極之可能是最為大眾受落的，酸酸甜甜的緋聞。

「青青，雖然我們是朋友，也曾經是飯友，但為了我的記者之路，在朋友和真相之間，我別無選擇……」米八在心中懺悔過後，便亮起了記者的目光，緊瞪著目標人物，並在心中吶喊道：「調查，開始！」

雖然米八心中熱情四射地宣告著要開始調查，但她的身體卻只是淡淡地走回座位。

「《記者的自我修養》中寫到，身為記者，最重要的一項特質就是耐性。畢竟大新聞不是說遇就能遇到，還需要時間去醞釀，所以需要學會等待。對其他人來說，守株待兔或許是消極，但對記者來說，卻是一門必須掌握的學問。」米八心中的熱情毫無減退跡象。

更何況，小息也即將完結，青青根本無處可退。果然，不消一會，上課鐘聲響起，青青也躡手躡腳地回到課室了。

她先是在門外探頭觀察，發現那本《完全自殺手冊》已經不知所蹤，黑板上的塗鴉已被值日生擦去，至於胡賢，也早已乖乖在自己的座位上，輕撫著那微不足道的傷處。

「傻丫頭一臉擔心的樣子，是在擔心那本書吧？」米八暗笑。

然後，青青深呼吸了一下，才偷偷的溜進來，為了不打擾到其他人，也為了不讓太多人發現自己，她選擇從班房後方繞到盡頭，才再走向自己的位置。

「喲。」米八向著偷偷摸摸經過自己身旁的青青打了聲招呼。

鬼鬼祟祟的青青嚇了一跳，但又馬上回復過來，站直身子，露出平日的親切微笑，對著米八輕輕點了點頭，然後踏著大方的步姿走回座位。不過在經過胡賢身旁時，還是近乎神經反射般，迅速地瞪了他一眼。

「呵，到底哪一個才是真正的你啊？青青。」米八露出狩獵者的目光，即使青青背對著她，亦不禁打了個冷顫。

米八借助最後排座位位置的優勢，在上課時肆無忌憚地觀察著青青和胡賢二人。

青青是個沒趣的好學生，只會認真地聽課，並活用桌上那套精緻可愛的文具，將課堂筆記整理得清晰易懂又簡潔。不過自從新學期開始，她在摘筆記時，會多了些間歇的抽搐，就像是突然回憶起一些尷尬或是讓人生氣的事一般。然後她會緊張又鬼祟地四處張望，確保沒有同學發現她的失態後，又再埋首於課堂之中，但有時候則會看到她呆望著黑板上，那因為走神而來不及抄寫就被老師擦走的痕跡，然後不甘心地緊握雙拳亂揮一小會。

至於胡賢，雖然就坐在青青的後面，卻似乎完全沒留意到青青的奇怪舉動，因為他幾乎每一堂課都是拿著筆，趴在桌上寫著什麼，由於舉止偷偷摸摸的，應該不是在抄筆記。

二人在課堂上幾乎毫無交集，於是米八便開始回想過去。

「青青的古怪行為好像是從新學期開始……」米八開始在筆記簿上畫思維導圖，將自己所能記得的疑點都一一摘下：「而胡賢是今年才調到我們班的……」然後將所有看似有連繫的疑點都連結起來。

最終，依據手上僅有的線索，米八得出了一個暫時性的推斷：「這……似乎只是青青單方面在仇恨著胡賢？」

單靠觀察，得到的資訊是有限的，所以米八決定親身訪問當事人。於是她毅然放棄自中一下學期開始養成的，一邊吃著紅豆麵包和牛奶，一邊在校園裡徘徊尋找新聞的習慣，久違地搭上青青及飯友們，一同出外午餐。

「你怎麼一直瞪著我？」被瞪得相當不自在的青青，放下手中的匙羹，問道。

叼著飲管的米八凜然答道：「為了第四權。」

「什麼東西？」

「說起來，你對胡賢有什麼看法？」米八問道。

青青馬上像貓般警戒了起來，但又馬上收斂了。她先是重新執起匙羹，將盛在上面的半口飯塞入口中，並慢慢地咀嚼以爭取時間，好讓自己回復冷靜，並思考該怎麼回答。

「胡賢是誰？」青青飯友其一的卡樂B插嘴問。

「就是今年調過來的那兩個人之中，較不起眼的那個。」青青飯友其二的 Wiki 答道。

「嗯……？」卡樂B還是想不起來。

「開學那天被阿陳命令要和我調位的那個，怕怕羞羞的矮子。」米八開始咀嚼著飲管。

「啊，那傢伙！」卡樂B驚訝地叫道，卻又馬上冷卻了下來：「還是沒什麼印象呢……就只記得那次很好笑而已。」

「感覺是個內向的人。」Wiki擦著嘴答道。

米八的目光移到目標身上：「青青，你又怎麼看？」

「不知道，和他沒什麼交流呢。」青青微微一笑，以往常的淡然態度化解了米八的攻勢。

「但你們明明是坐前後座的啊？」米八卻繼續進逼。

「嗯……」青青整理著腦中的資訊，將之化成對自己有利的形勢，道：「每次我轉身望向他時，他都會迴避我的眼神，感覺是有些怕生的人吧？」

「還以為你只是個親切有禮，又懂得保持距離的乖學生。」青青的嚴密防守令米八激動得幾乎把飲管嚼爛。

「過獎了。」青青再次一笑置之。

「真沒想到青青外表乖巧，竟然會如此難搞，真是個好對手……」午飯過後，米八坐回自己的座位，開始盤算著下一步的調查：「既然在她身上查不出有用的資料，那就轉向另一個當事人埋手吧。」米八用蛇般的眼神瞪著前方的胡賢，但他卻遠不如青青靈敏，對別人的視線毫無反應，只是繼續伏案寫……「嗯？明明還沒上堂，他在寫什麼？」

嗅到線索的氣息後，米八本想走上前一探究竟，卻發現有人正向胡賢靠近，所以她馬上坐回位中靜觀其變。

出人意料地，來找胡賢的，竟是班中男生的頭頭亦風。

只見亦風拍了拍胡賢的肩頭，嚇得胡賢馬上收起正在書寫的筆記簿，但亦風似乎不太在意，只是單著眼對胡賢説道：「放學，老地方！」

更出人意料地，胡賢面對著男生頭頭的亦風，竟沒有露出如平日般唯唯諾諾的怕事姿態，而是自然地答道：「OK，幸好我設好定時錄影。」

「又是《叮噹》嗎？」亦風笑問。

「沒錯，那我去通知小強他們。」胡賢淡然答道。

「拜託你了！」亦風如風般來，又如風般去。

「老地方？叮噹？小強？」米八嘴角不禁上揚。是新聞的味道，是大新聞的味道。

但結果卻又再出人意料。

放學後，米八偷偷地跟在胡賢背後，馬上就發現了所謂的「小強」，只是D班的學生，也是胡賢前同班同學，一個高瘦黝黑的陽光男孩，而且還抱著一個足球。至於他們口中「老地方」，就只是足球場而已。

「胡賢那傢伙看上去那麼瘦弱，沒想到會踢足球，還是他其實只是那班波牛的跑腿？」是什麼也好，米八都沒興趣了，對於胡賢的調查，也就到此為止。

於是，米八便走到正在球場邊換鞋的胡賢身邊，拍了拍他的肩膀，說道：「很好，看來你是無辜的呢。」然後便離開球場，留下滿頭問號的胡賢。

翌日，米八特地約了青青上天台。

因為，天台自古以來就是交換情報或是擺牌的地方。

「你約我上來做什麼？」青青一臉凝重地說道：「我可不會再當你的線人。」

「夠了，別再玩《無間道》遊戲了，都多久前的電影了？」米八笑道。

「嗚，當初不是你推介我們看的嗎？」青青不滿。

米八沒有回答，而是裝模作樣地挨到窗邊，再用銳利如梟的眼神直瞪著青青。

「幹、幹什麼啊？」

待對方開始受不了，就是最佳的問話時機。

「你和胡賢之間，是不是發生了什麼事？」米八直接問道。

青青先是一怔，然後渾身發抖。

「原來你也發現他有不妥嗎？」卻沒想到，青青突然撲向米八，並緊緊抓住她的雙肩，如獲知音地問道。

「不、不妥？是指哪方面的不妥？」

「就是指他的人啊！他就是個自把自為自私自利自以為是自給自足自我中心自尊自大自得其樂自相矛盾自命不凡不自量力自尋死路的怪人！」青青激動地連珠炮發。

「這其中有幾個好像不是缺點啊？」

「總之，他就是個變態怪人！」

「好了好了，你先別激動，慢慢說，我會聽的。」米八輕輕拍著青青的頭安撫她，同時心想：「真沒想到她會這麼大反應……不過也沒想到情報會就這樣送上門呢。」

然後，青青便將一直以來，也就是由開學至今的個多星期的冤屈與心底話，即是胡賢的無心奪座，及種種噁心的巧合，都一一向米八傾吐。由於青青的描述有點過於細緻，令過程有點冗長，二人中途便找了個角落坐了下來。

「哎呀，有人傾訴真是好，現在舒服多了！」青青傾訴完後，伸了一個長長的懶腰，同時也換上了一副精神爽利的表情，然後向米八問道：「那你呢？他是怎麼惹到你了？」

「他沒惹我啊。」

「那你為什麼要問他的事？」

「我是看你那天踢了他一腳，以為有不可告人的秘密。」米八失望地道。

「不可告人的秘密？」青青警戒地道：「莫非你知道那本……不，莫非那本《完全自殺手冊》是你的？」

米八白了青青一眼，然後才道：「不，是謀著你們，以為你們有什麼不可告人的關係。」

這回到青青白了米八一眼，然後不滿地問：「為什麼你會這麼覺得？」

「因為他引出了你真正的一面啊。」

「什麼真正的一面？」

「就是像現在這樣，不裝乖、不扮老實，任由性子展露出來。」

「啊！」青青馬上端坐了起來，收起那過分生動跳脱的表情，換回往常的乖乖樣。

「太遲了啦！」米八笑著敲了敲青青的額頭，青青掩著微不足道的傷口，又變回那生動得有點浮誇的神態，悲鳴了一聲：「嗚！」

「但、但……你說嘛，那傢伙是不是很討厭！」青青又將話題拉了回來。

「我倒是覺得，你只是自恃特立獨行、與別不同，卻偶然遇上一個行為與自己很相似的人，所以心裡產生抗拒而已。」

青青尷尬地垂下頭。

「哼，看來你也是把正常人當垃圾的類型呢。」米八淺笑道。

「什麼垃圾啊，我才沒這麼失禮了！而且……呃，也？」青青狐疑地望向米八。

「告訴你啊，這種叫中二病。」

「你才中二病。」

說罷，二人相視而笑。

Chapter 4

鞋上長出菇

經過那一場天台上的對談後，青青和米八感情大增。而有了傾訴對象後，青青的精神亦放鬆了不少，加上在開學日後，她再沒在上學時遇到那人，之前那份莫名其妙的耿耿於懷漸漸消散，青青終於能再次集中精神上課，本來只空擔心卻不作行動的老師們亦鬆了一口氣。

然而，精神過於放鬆，也未必是什麼好事。

這天，青青一如往常地上學，卻發現途中眾人目光甚為奇怪。連回到學校後，同學們似乎都在對她評頭品足，但她因為心情頗好，就沒有在意，只是如常親切地向眾人打招呼，然後就回到座位放好書包，便準備去找米八。

青青轉身，卻發現米八不在位上，便想：「又跑到天台去觀察上學情況了嗎？」

於是，青青便邁步離開課室，卻幾乎與剛回校的胡賢相撞。

「抱、抱歉！」胡賢不禁嚇得後退了兩步，並警戒地護住雙腿。

青青卻只是微笑地點了點頭：「不要緊。」

但胡賢已僵在了原地，不單沒讓開仍堵住門，還呆呆地望著青青的腳。

青青不禁心中罵道：「你在看什麼，變態！」口上卻還是有禮地問道：「可不可以，讓一讓？」

「啊，對不起……」胡賢馬上讓開，但視線卻仍然沒有挪開。

青青不耐煩地問：「你在看什麼呢？」

「我、我在看是什麼菇……」

「菇？」

「嗯，你的鞋……長菇了。」胡賢指了指自己視線所向之處，青青隨之垂頭一看，見到自己那雙皮鞋上，還真的長出了幾朵菇了。

空氣凝結了。

不單是青青與胡賢之間的空氣，整個班房內，留意到青青鞋上長菇的人都靜了下來。

不知是想打破凝結的空氣，還是被尷尬的氣氛迫得慌不擇言，胡賢突然沒頭沒腦地說了句：「不知道……這菇有沒有毒呢？」

本來沉默的班中眾人，聞言不禁大笑。

這陣大笑卻讓青青瞬間羞紅了臉，拔腿就跑。

胡賢又再呆立當場。

班中也立時靜了下來，眾人先是你眼望我眼，然後開始一起瞪著胡賢，並紛紛你一言我一語：「竟然這樣取笑林青青，太過分了吧？」「但鞋生菇真是太好笑了……」「那也不可以直接叫人毒菇呀！」

「我、我沒有叫她毒菇呀！」胡賢著急澄清。

但眾人似乎都沒聽清他那微弱的聲音，而且也並不在乎，只是繼續議論紛紛：「說起來這人是誰呀？」「好像是今年的新同學？」「說起來為什麼鞋會長菇啊？」「之前一直下雨，說不定是太潮濕，鞋又沒有放好。」「但菇是這麼快就能長出來的嗎？」「那真的是菇嗎？還是只是裝飾啊？」「真的是菇呀，我看得一清二楚。」「不知道能不能吃呢？」「鞋上長的菇啊，你會想吃嗎？」「問題不是菇呀，是那傢伙害得青青哭著跑走！」「對啊，對啊，不能原諒！」

「生菇也沒什麼大不了呀，而且笑她的明明是你們！」亦風突然站出來，擋在胡賢身前。

然而還是止不住班上的氣氛，反倒讓他們集中了火力：「可是話是他說出口的呀！」

「就是就是！」「青青都哭了！」「負責任，負責任！」

胡賢受不了眾人的責難，想轉身逃逸，卻被人堵住去路。

那人正是青青的飯友卡樂B，她嚴肅地問道：「你想逃嗎？」

胡賢畏懼地點了點頭。

「你敢？你給我去找青青回來！」

「知、知道了！」胡賢不知為何敬了個禮，然後便馬上出發，但跑了兩步後，卻不知該要去哪：「該去哪裡找她啊？我與她又不熟，而且她又那麼惡……」

「不，等等，好像有地方經常看到她的身影。」胡賢循著記憶去了圖書館和後花園，卻都不見青青，然後便開始推理：「嗯，如果是我不開心的話……我會想去哪呢？」

他抬頭一望，然後找到答案了。

胡賢跑上天台的一層，在途中遇到正在啃紅豆麵包的米八。只見對方一看到自己，馬上雙眼發光，猶如發現地上有錢一般，充滿著期待的神色，嚇得胡賢縮了一縮。然而，米八馬上就收斂了神情，然後用拇指指了指身後的天台方向，示意胡賢上去。

胡賢依指示上到天台，果然是青青，只見她屈成一團靠在牆角，瑟縮地發抖著。胡賢慌了，他小心翼翼地，一步步走近青青。

「怎麼又回來了，不是說怕有毒要先走嗎？」青青在聽到腳步聲後便問道，聲線爽朗，並不像在哭泣。

「有毒？」

青青聽到不是米八的聲音，便驚訝地回頭，這才讓胡賢看到她在幹什麼。只見她脫了鞋，並用剃刀，努力地削走皮鞋上的姑。而青青發現是胡賢後，便馬上將鞋藏到身後，並生著氣問道：「你來幹什麼？又要笑話我嗎？」

「我、我剛才不是有心的……現在是來道歉的，對不起。」胡賢垂頭。

「道歉就有用的話，那世界上不會有那麼多命案了！」青青氣鼓鼓地道。

胡賢不知該怎麼辦，手忙腳亂下，突然從書包中掏出一包小東西，並遞給青青。

「什麼東西來的？」

「腸粉，我的早餐，請你吃，當是賠罪。」

「混帳……」

「什麼？」胡賢以為青青罵他，不禁又縮了縮。

「我在問，是混醬的嗎？」

胡賢怔了怔才點頭。

「有加辣油嗎？」

「沒有，我怕辣……」

「哼，可不要以為用食物就能收買我！」青青氣道，同時卻又奪過腸粉，然後鼓著腮，氣沖沖又津津有味地吃了起來。

胡賢望著青青吃腸粉的樣子，不禁想起倉鼠，對她的恐懼也漸漸散去，取而代之的，是一種他自己也說不上來的感覺，就像是在 YouTube 上看寵物短片時會泛起的，既暖心，又治癒的感覺。

由菇而起的小騷亂，就這樣迎來結束。

雖然班上同學都忘不了那鞋上長菇的情景，但都有默契地，在青青面前不說不提。不過，還是有些粗枝大葉之輩，會在青青在場的情況下，用毒菇或小菇來稱呼她，令其他同學都不住提心吊膽，恐怕又再讓那乖巧的青青崩潰哭逃，只是青青似乎都沒有聽到，一副若無其事的表情。

這場騷動唯一的下文，就是讓胡賢養成了餵食青青的習慣。

當然，這一切都逃不過米八的法眼，被她記錄在新聞筆記上。

Chapter 5

聚光燈突然照來

「青青，放學後來圖書館找我。」一身兼圖書館主任、中文科科主任及3A班班主任的三重主任阿陳，在下課時對青青道，讓早就一心準備在放學後馬上趕回家的青青面色一沉。

「是什麼事啊……」青青不滿地思索著，明明上課都沒再走神，功課都認真地做了，為何還會被召見呢？

到放學的鈴聲響起，青青望著胡賢一支箭衝回家，心中不是味兒。她嘆了口氣，然後便拖著沉重的步伐前往圖書館。

在走廊上，在放學的人群中逆流而上，那種被潮流遺棄的感覺，卻反倒讓青青泛起一陣脱俗的快感，但無法按時追看動畫，還是讓她心中蒙上一層不爽。

踏著一腳快感，一腳不爽的步韻，青青終於來到熟悉又陌生的圖書館。雖然她喜歡在小息時窩在圖書館，但對放學後的圖書館，卻又感到有點陌生。

和小息時的冷清不同，放學後竟有不少人跑來做功課，也有人趕著來還已經遲還了數天的書。

青青躡手躡腳地走到借書處旁，一窺後面的辦公室。與教員室有所不同，那是只屬於圖書館派系的地盤。

然而，只見阿陳的桌上擺滿機械人模型，卻一個人影都不見，因為兩個圖書館管理員都出來處理館務，至於阿陳——

「明明叫了我來，人卻不知跑到哪去了。」青青不滿地嘀咕著。百無聊賴的她只好在圖書館中流連，由於書架上的書她都耳熟能詳，所以她便走到新書架前，看看阿陳又用私心買了什麼奇怪的書。

熱播動畫的原著輕小說、爛尾神作劇集的原著奇幻小說、即將上映改編電影的原著科幻小說、奇幻設定工具書、還有書名叫《征服世界是可能的嗎？》的不知如何分類的宅書……

「阿陳的喜好都強烈地展現出來了呢……這就是正統的死宅嗎？」青青邊想邊竊笑，然後順手拿起了一本新入貨的推理小說翻了起來。

正當青青讀得入神時，阿陳的聲音就從身後傳來了：「抱歉，來遲了。」阿陳似乎沒打算解釋遲到的原因，自顧自地走入了辦公室，並道：「來，跟我進來。」

青青沒有將不滿浮出表面，只是默默地將手上的書放下，卻沒想到這也引起阿陳的注意，他道：「啊，在看推理小說啊？不愧是你呢！」

青青聽得一頭霧水滿頭問號，帶著狐疑走入了圖書館派的地盤。這間辦公室比教員室狹小得多，只有三張辦公桌，剛好能容納阿陳和兩個管理員。

阿陳在辦公桌的雜物中翻騰了好一會，最後在幾乎最底層的位置抽出一張皺得像垃圾的傳單，他隨意地將之鋪平後，便遞給青青。

只見那原來是一張短篇小說比賽的海報，青青便問：「這……是想叫我參加嗎？」

「不，我見你之前暑期作業的那篇作文寫的推理故事很有趣，就擅自幫你報名了。」阿陳得意地道。

「什麼？你怎可以自把自為？」青青著急地道。

「你中文一直都很好，不過我倒是不知道你還有寫小說的才能，何況那篇故事又有趣，為什麼不試呢？」阿陳卻不當自己的自把自為是一回事，還反過來教育青青。

「可是……我寫的東西真能見人嗎？」

「當然，都得獎了。」

「真的!?」青青激動地問，卻被辦公室外的管理員狠狠地「殊」了一聲，著她安靜。她也馬上收細音量，並點頭致歉：「對不起……」

「你看。」阿陳指著海報一角得獎者的那欄。

青青果然見到自己的名字，不禁一怔。

「不過這只是地區比賽，不值一提。」阿陳將那海報連青青的名字糅成一團，隨手就拋開，然後再從桌上翻開一張新淨得多而且還未留有皺紋的海報，上面寫著「學界小說創作比賽」，興奮地道：「但這就不同了，這可是全港性的比賽！」

「殊！」即使是自己的上司，管理員亦毫不留情地警告。

「抱歉……」阿陳馬上垂首道歉。

「你身為主任的威嚴呢？」青青笑問。

「就是主任，才更不能破壞圖書館的規矩啊！」阿陳裝模作樣地托了托眼鏡，然後正色地道：「來吧青青，為我們學校，為我們可憐的中文科，爭取一點光榮吧！」

「哼，這才是你的目的啊？既然是有求於人……」青青心中冷笑，但表面仍然一副老實學生欲拒還迎的樣子，猶豫地道：「可是……」

阿陳有見及此，便把心一橫，豪邁地道：「這樣吧，如果再得獎了我就請你吃飯！」

「贏了才請嗎？」青青冷靜地步步進逼。

「嗚……交稿請一頓小的，得獎請一頓大的，如何？」阿陳搬出最後籌碼。

即使敲詐成功，青青也只是在心裡輕輕「Yeah」了一下，但神情還要繼續維持著不情不願的乖學生人設，同時問道：「這是行賄嗎？」

「這……只是鼓舞。」

「好吧……可是，這比賽有沒有什麼規限？」青青接過海報，開始細讀規則。

「我看過了，還是那些，別寫政治、色情、賭博和黑社會就行了。」阿陳搭住青青雙肩，鼓勵道：「就用你之前作文功課的那個方向，寫篇驚天動地的推理小説，用文字展露你的真我吧！」

「殊！」「抱歉。」

「嗯……好吧，我就試試，可是我沒信心獲獎啊！」

「那不要緊，你能答應就夠，太好了！」阿陳振臂高呼。

「殊、殊、殊！」「對、對、對不起！」

與管理員道過歉後，阿陳繼續振臂，並靜默地歡呼著，令青青不禁笑了起來。

翌日，不知為何，青青得到地區小説獎的消息已經傳了開去。

天台上，青青一邊啃著胡賢進貢的三文治，一邊向他抱怨著：「你説嘛，怎麼可能才一天，就鬧得全校皆知。」

「真可怕。」胡賢代入了一下青青今朝被眾人圍繞的情況，不禁毛骨悚然。

本來在早上上課前的時間，青青都會跑來找米八聊天，但自從胡賢開始餵食青青之後，青青的聊天對象就變成了胡賢。

這，其實是米八的詭計。

表面上，她説因為自己要觀察每個同學上學的樣子，以尋找有價值的新聞，所以不能分心和青青聊天，實際上卻是想拉近青青與胡賢二人關係的小計策。

雖然，米八也曾擔心過，不知二人是否真的適合，這樣是不是在做雞仔媒人，但又想想，讓這兩人多個朋友也沒什麼不好，不必想得太長遠，何況這兩人也頗有趣。

因此，即使米八在觀察趕著上學的眾生，但偶爾聽到二人聊到有趣的事時，還是會加入，就像現在。

「這不是很明顯嗎？將這消息散播出去的，除了阿陳，還能是誰？」米八煞有介事地晃了晃手上的脱脂奶瓶，彷彿那是一杯香醇的葡萄酒一般，但實際上，在某些人眼中，那連牛奶都算不上。

「陳 Sir 為什麼要這樣做？」胡賢問道，青青倒是露出一副果然如此的表情。

「他負責的中文科一直都沒有什麼業績，好不容易得了個校外的獎項，當然大肆宣揚。」米八望向青青，反問：「何況這也能讓你人氣急升，不好嗎？」

「人氣急升有什麼好……」胡賢冷道。

「像你這種內向的人當然不懂，對不對，青青？」米八以為青青一定會認同自己，卻沒想到她竟一臉狐疑，並問米八：「難道……你也希望變得受歡迎嗎？」

「當然……不，與其説想受歡迎，不如説想更多人認識我。」

「但你不怕嗎？」青青問。

「怕什麼？」

「當人人的目光都聚焦在你身上時的壓力？」胡賢道。

「哈，我可求之不得。」

青青和胡賢互相望了對方一眼，然後都沉默了下來，胡賢抬頭望向藍天白雲，而青青則在觀察著米八的神態。

然而，上課鈴聲響起。

胡賢如常地，先一步離開，以免和兩個女生一同回課室而被其他人誤會，引來閒言閒語。

青青和米八則並肩而行。路上有不少學生對青青指指點點，青青本來還奇怪，只是得了個地區獎，用得著這樣嗎？但被米八點明是阿陳在背後作怪，就多少理解，肯定是那傢伙做得太誇張的因，才害她要收下這被人過度關注的果。

「總有一天，我也要這樣。」米八羨慕地道。

「我都不知道原來你喜歡受到別人注視。」青青有點失望地道。

「不，我是喜歡別人注視我所做的事、我所報道的新聞。」

青青一怔，她本來以為是自己看錯了米八，但原來只是誤解，過了一會才道：「如果那些煩人的視線能只停留在我們所做的事上就好了。」

「人氣就是這樣，就像一把雙面刃，鋒利和危險並存，只想著其中一面，就會被另一面傷到。」米八漫不經心地望向校外山邊隨風擺舞的樹木，隱隱地散發出一股無添加的帥氣。

青青順著她的眼光望向山邊，但視線卻停留在那些盛放的花卉上，心中不禁想道：「也對，而且雖然有點怕，但其實我也……」

二人才剛回到課室，班中的同學就急不及待地起鬨。

米八機警又狡猾地先一步溜回座位，留下青青呆站門口獨自面對。

青青深吸了口氣，穩住了發麻的手腳後，才輕輕揚起乾涸而僵硬的嘴角，露出禮貌的笑容回應那些莫名其妙的歡呼，並喊著「未來大作家」、「青青好棒」、「絕不是阿陳吩咐我們才起鬨的呀」等話語的同學們，同時拖著疲累的身軀走回座位。

然後，不知為何，亦風竟坐在青青的座位上，並津津有味地在看著一張用 A4 紙印出來的不知什麼東西。

「那個……」青青才剛開口，就被亦風打斷了，他肉緊地道：「等等，還有兩段就看完了！」

「在看什麼那麼緊張啊……」青青探頭偷窺亦風手上的那張 A4 紙，心中不禁叫道：

「那不是我那篇得獎的作文嗎？阿陳那傢伙竟還印出來到處派？而且你這傢伙是怎麼一回事，在我的座位上讀我的小說，是在羞辱我嗎？」

青青馬上向米八投出一個求助的目光，但她只是詭譎地笑了笑，沒作出反應。無奈之下，她只好去找胡賢求助，沒想到二人眼神剛一接觸，胡賢便似乎理解了是什麼一回事，馬上推了推亦風，並道：「別只顧著看啦，快把位子還給人啦！」

亦風卻毫無反應，仍然屏氣凝神地繼續看著青青的小說。過了一會，他才慢慢放下那張A4紙，深深呼了口氣，才道：「真好看啊！」

這讓生著悶氣的青青不禁添了一絲喜悅。這時，亦風亦終於發現了站在身旁的青青，驚訝地掩嘴道：「青青老師！你怎麼會在這？」

「這是我的位置……」青青問：「為什麼要叫我老師……？」

「因為我剛成為你的粉絲了！你寫的小說好好看啊，好對我胃口，真沒想到兇手竟然是他！」亦風激動地道。

青青也不禁臉紅了起來，尷尬地說了聲：「多、多謝……」

「說起來，你為什麼會站在我旁邊？」亦風再問。

「因為你坐了她的位置。」胡賢在亦風身後冷冷地吐槽道。

「你怎麼不提我啊？害我這麼失禮！」

「我提了啦，是你不聽！」

二人一邊説著埋怨對方一邊互相推撞，令旁觀的青青覺得相當新鮮，她還沒見過這麼精神的胡賢，應該説，班中除了亦風那一介波牛以及練出了一對法眼的米八之外，並沒有誰見過，或留意過胡賢的這一面。

「喂喂喂，那邊在幹什麼？」阿陳踏著春風得意的步伐來到班房，看到亦風和青青後便激動地道：「竟敢坐我們中文科希望之星的位？真大膽！快走走走！」

「嗚，我也是校隊的希望之星呀！」亦風一邊叫一邊逃回自己的座位。

「校隊又不歸我管。」阿陳不屑地道，然後換成一副阿諛奉承的表情向青青道：「來來來，青青快坐下。」

「好的。」青青雖然答應，卻沒有馬上坐下，而是狐疑地望了望自己的椅子，然後從口袋裡掏出一支消毒噴霧，向那被亦風沾染過的椅上噴了兩噴，才徐徐坐下。

然後，整個班房，包括阿陳和胡賢在內，都大笑了起來，而且那一根根訕笑的手指，都指向亦風。而亦風也呼應班上的反應，渾身抽搐地叫著：「我才沒有那麼髒好不好！」讓班上的笑聲再大了些，而這次，連青青都一起笑了起來。

誰綁架了貓咪

那天，我在學校的TG群組中，看到一個陌生帳號分享出來的一部短片，一部可愛的小奶貓與體型相當的毛公仔貓在玩耍的短片。

但過沒多久，一隻惡魔之手就從鏡頭外伸了進來，抓起了毛公仔，並拋入了一部裝滿水的洗衣機中，然後按下開始鍵。只見那毛公仔在急速旋轉的水流中載浮載沉，不消一會已經扭曲不成形。

接下來，那惡魔之手竟抓起那小奶貓，懸在洗衣機之上，然後——

畫面一黑。

「你們想看看小貓在洗衣機中悲鳴的過程嗎？」一行充滿惡意的血紅色字徐徐浮出。

我既憤怒又無助，無法當作沒事發生，但，我又能做些什麼？報警？有用嗎？也沒證據那人之後真的動手了，而且也不知道是誰。

群組內不斷冒出對話，很多人都和我同樣的心情，憤怒地咒罵片主，過不久，管理員更是出馬將他踢出群組，但群情仍然洶湧，不斷怒罵，卻沒有什麼實質內容，但起碼也算是一種宣洩。

然後，有人突然提議，要聚集全校的力量找出虐貓犯。群組內一呼百應，但為了不影響本來的群組，他們便開了一個緝兇群組。

我猶豫了好一會，最終還是決定點擊進去。

只見這個群組的情緒更加高漲，本來被禁的粗口髒話全都爆發出來，大家都誓要捉拿兇手，而且不單單是口號，還有人開始從那段影片中找線索。其中最活躍的是一個叫m8的人，雖然不知道是誰，但既然是在學校群組內的，自然都是同一間學校的同學。只見他從一個個細微的地方開始分析，得出了不少有用的情報。

就像洗衣機的牌子、樣式，還有背景的瓷磚款式，以及那惡魔手上的紋身等等。

然後另一個叫做dr.miki的組員接力，透過這些資訊，利用網絡工作搜查出更深入的線索，例如背景的瓷磚是公屋常見的款式，而那型號的洗衣機剛好是高水位的洗衣機，因為舊式公屋去水速度慢，所以一般只會用低水位的洗衣機。

綜合了各人的線索與推論，大家都相信了，犯人所居住的，是近年才入伙的新型公屋。

加上他能進入學校群組，亦證明了他很有可能是本校的學生，那麼只要找出校網範圍內的新型屋邨，就能判斷出兇手的居所。

只不過一瞬間，原本那隱藏在網絡背後，身影模糊的兇手突然就變得清晰，甚至有種近在眼前的感覺。

而我，也被那份熱血與成功感感染，一同投入調查當中。

不過，由於線索只有那段影片，加上校網範圍內的新型屋邨竟然有四座之多，令調查陷入泥沼。然後，一些只是想八卦，或沒有那麼大動力的人，一個接一個的離開群組。

然而，那惡魔不知在何時用另一個帳號潛入了緝兇群，並在這時上載了新的短片。

這次，是先將那被洗得不成形的毛公仔放入冰格，然後，再將奶貓揪起，放到雪櫃前搖搖晃晃，然後，又是畫面一黑，又是彈出一句血紅色的：「你們嚐過奶貓雪條沒有？」

怒火再次燃起，首先將眾怒凝聚成動力的，又是開設群組的「&」，在他的號召下，群組眾人再次研究短片，試圖找出線索。

然而，幾乎是和上次一模一樣的節奏，士氣高漲，找出所有能找的線索，然後再無新資訊，調查停滯，士氣下沉，又走了一批人。

然後，又一個新帳號，又一段新短片。

「你們想知道奶貓的腸是什麼顏色嗎？」

到了這刻，我才驚覺，兇手原來一直都在耍我們，說不定之前的所有線索，都是他故意洩露的，就是為了讓我們像小丑一般在他掌中起舞，他所凌辱的，不單奶貓，還有我們。

我放棄了。

我離開了緝兇群組，亦離了學校群組。我不想再做小丑，也不想見證奶貓的最後下場。

卻沒想到，數天後，我看到一則被分類為烏龍鬧劇的新聞，報道指有清潔工人發現疑似貓屍，結果卻只是一個被玩弄得不成形的貓咪毛公仔。

而地點就是在學校北邊不遠的新型屋邨。

與我們之前的調查完全吻合。

兇手就在眼前。

熱血上頭，我馬上重新加入緝兇群組，卻發現只餘下四人，m8、dr.miki、j&j 以及我。

縱使人丁單薄，但除了我之外，都是緝兇群的主力。商議過後，雖然擔心，但我們還是決定親入虎穴拯救小奶貓。

雖然下了決心，但不安仍然纏繞著我，於是我便在出發前，私下向「那人」傾訴。

終於，我們四人來到目的地，這或許並不是我們第一次見面，但卻是我們以緝兇群組組員的身份相認。出乎意料地，我們四人都是女生，中四的 m8 是我們之中年級最高，而中二的我則是最年幼的一個，至於 dr.miki、j&j 同為中三生，但不同班，我們四人在學校中並沒交集。

m8 是個身型高瘦，神情冷傲的人，但卻很關照我；dr.miki 則一如所料，是個戴著厚厚近視鏡，連夏天都穿長袖衫的理科型女生；至於 j&j 則是一個活潑又多話的微胖女孩。

為了方便調查，j&j 提議分組，而「那人」故作自然地要與我組隊，另外兩人稍稍猶豫，但沒有異議。

於是我便和那人一同出發，在他領路之下，我們似乎來到一個隱閉的角落。

「你真厲害呢，雖然個子小小，但竟察覺到兇手就是群組中人，而且還是那兩人其中之一。」那人嘆道：「那麼你認為誰才是真兇？」

我沒有回答，那人繼續推理道：「j&j 不單積極遊説我們親身來調查，還提出要分組，實在很可疑。」

我還是沒有回答。

「不過 dr.miki 連在這麼熱的天氣下都穿著長袖衫，感覺也像是在掩飾什麼呢？莫非是……紋身？」

我依然沒反應。

「唉……」那人嘆了口氣，然後陰沉地道：「只可惜……你明明這麼聰明，卻信錯了我。」

「你……就是兇手？」我抑壓著雙唇的抖動，徐徐問道。

而她，那人，m8 只是對著我，笑了笑。

那一笑，彷彿連空氣都凝結了，我的雙腿也被凍得僵在原地。

她慢慢向我走近。

我閉起雙眼。

然後說道：「其實我……」

幾乎在同一時間，一胖一瘦兩個人影從她的身後撲出，並將她制伏在地。

「……向每個人都說過那番話，認為兇手就在我們之中。」

「你暗算我？」m8 冷冷的問。

「對不起，畢竟我誰都不信，而且誰叫你在相認後就一直以關心為名黏住我？這實在太明顯了。」我轉回正題，問道：「你，為什麼要這樣做？」

她緊抿著唇，不願回答。

我來到她身前，在她胸口上，撿起一條貓毛：「我大概猜到，你只是迷上了愚弄大家的快感，並享受受到關注的快感，對不對？」

她不禁一怔。

「畢竟虐貓的變態，不會是將貓細心地抱在懷中的人。」我道。

—完—

中文閱讀報告

書名：N台的犯罪紀錄片《貓不可殺不可辱》

姓名：林青青

班別：2A

一不小心
我的青春
風起雲湧

「這篇功課……明明都寫著是閱讀報告，為何會變了小說？」幾天後的早餐會上，米八才終於看完青青的得獎作品，並問道。

「因為那部紀錄片太虎頭蛇尾，我看完後很不舒暢，所以就以它為藍本寫成了這東西。」青青細心地將粉粿咬開一半，並將其中一半的開口位蘸向豉油，以確保餡料都沾上豉油。

「原來這樣……才怪，閱讀報告也不會寫紀錄片吧？」米八繼續吐槽。

青青一臉滿足地將半個粉粿塞入口中，慢慢細嚼，下嚥，然後才答道：「不可以的嗎？」

「閱讀報告一般來說都是讀書的吧？」胡賢道。

「可是我中一時已問過阿陳，他說隨便，只要最後寫出來是中文的報告就行。」青青道。

「不會吧，我怎麼不知道？」米八激動地道。

「因為你沒問吧？」青青說。

「嗚……別說得像是我的問題。」米八不屑地說：「明明是阿陳的問題，竟然這都能接受，真夠隨便，所以中文科才會這樣一蹶不振！」

「那是不是也可以用動畫做報告呢？」胡賢稍稍興奮地問。

「可以啊，可以寫《叮噹》。」青青一邊細心地為另一半粉粿蘸色，一邊漫不經心地答。

「你、你怎麼知道……」胡賢的驚愕卻被米八無情的打斷，她道：「還有啊，這兇手的藍本……是我，對吧？」

「你看出來了？」青青既驚且喜。

「還有，另外那兩個角色分別是卡樂B和Wiki，對吧？」米八說。

「好厲害啊！難道你有什麼解謎天賦？」青青說。

「只是你改名太直接而已，什麼m8，不就是米八嗎？然後dr.miki，只是將w上下倒轉而已。」米八說：「倒是j&i我不太肯定，只是覺得她的行動力像卡樂B。」

青青正準備回答，胡賢卻先一步答道：「j&i即是珍珍吧？和卡樂B一樣都是薯片牌子。」

「原來如此。」米八坦然了。青青卻怨恨地瞪著搶了自己話語的胡賢，並從他手上的膠兜奪過了一粒燒賣。

「畢竟……我認識較深的，就只有你們幾個。」青青淡淡地道，米八輕輕拍了拍她的後背。

胡賢卻不解風情地道：「不過……這算是推理小說嗎，感覺更像犯罪小說？」

「兩者有什麼分別？」米八問。

「呃……」胡賢還在思考，青青便已搶先一步復仇式回答：「簡單來說，就是推理小說，或者說偵探小說，是犯罪小說的其中一種，所以犯罪小說不僅限於推理小說！」

米八才剛點了兩下頭，胡賢卻又打斷道：「我說的不是類型上，而是……呃，該怎麼說呢？」

「有話就快說，能不能乾脆點？」青青不滿。「就是就是，一點都不像男人。」米八煽風點火。

「嗚……就是、感覺、這故事中……最想寫出來的，就是那幾句問句的犯罪獵奇心態……」胡賢歪著頭，困難地描述道。

米八聽得一頭霧水，青青卻嚇出一身冷汗。

「而且，m8這角色也不單單是你……」胡賢說著說著，主題就偏了。

「為什麼？」米八問：「不說名字，氣質和行為都很像我啊，不是嗎？」

「當然，因為你是藍本嘛，不過作者在寫每一個角色時，總會將自己的一部分套入去。」胡賢說。

「哼，說得你好像好熟一樣，你是作家嗎？」米八道。

「嗚……」胡賢無言以對。青青卻露出了耐人尋味的表情。

正當青青想說什麼時，米八卻習慣使然地探頭望向樓下觀察，而且還有所發現：「啊，亦風好像在向這邊走來，看來又是來找你呢。」

「不會吧，連早餐會的時間都要沒了嗎？」青青哭腔道。

「你很討厭他嗎？」胡賢問。

「也不是……只是從那天起，他幾乎每個小息都會跑來找我聊天，害我都沒法躲去圖書館……不過，現在去圖書館都會被阿陳用奇怪又期待的眼神望著，加上管理員們都對我，或者說，對看到我的阿陳很警戒……」青青無奈地道：「唉，我的放鬆時間啊！本以為起碼還有早餐會和午餐飯友團可以輕鬆自在一下！」

「嗯哼。」胡賢似是隨意回應的一聲，卻意外地比往常高音，甚至有少許跑調，不過青青沒有在意，又不過，青青身後還有米八。

胡賢清了清喉嚨，然後自薦道：「那，我幫你引開他吧？」

「真的？小女子無以為報啊！」青青雙手合十，將胡賢當是土地公般拜。

胡賢揮著手說了句別鬧，然後就離開了天台。

過了一會，確保胡賢已走遠，或是沒有因為莫名其妙的原因回頭後，米八才笑道：「那小子的性格真難捉摸。」

「是嗎？」青青不解地歪了歪頭。

「是啊，本以為他就只是個普通的內向害羞仔，但認識久了，卻覺得他在隱藏自己本性。」

「沒那麼誇張吧？感覺他只是不想麻煩別人而已。」

「不想麻煩別人？那和我說的有什麼關係？」

「嗯……該怎麼說呢？」青青托著腮細想了一會，然後才道：「就像是在搭車時，旁邊坐了人，就會自然合攏雙腿，並盡量縮起自己的身子，好讓大家不會碰到一樣？」

「這是什麼例子啊？一般人怎會想這麼麻煩的事啊。」

「這不是很正常的嗎？只是因為你不是普通人，所以才不了解吧？」

米八並不認同，卻又想不出什麼話反駁，於是便開始整理思緒。

「我懂了！」米八突說搥掌說道。

「懂什麼？」

「你們心中有犀牛。」米八竊笑道。

「什麼鬼？」

小息。

「喲！」亦風一如所料地跑來找青青，還一副名正言順的姿態，擺著手示意青青旁的同學讓座。

「今天又想聊什麼呢？」青青無奈地問。

「當然是繼續聊推理啊！」亦風興奮地道：「不過感覺昨天聊福爾摩斯時，你似乎不太投入，是對原作那種古典的推理小說不感興趣嗎？」

「畢竟……我只看過電視劇和電影版，小說只看了半本……」青青尷尬地道。

「那金田一耕助你聽過嗎？」亦風卻仍然興奮地講著自己喜歡的話題，坐在青青身後的胡賢卻突然答話道：「金田一一倒是有些印象。」

「咦，為什麼胡賢你會在這裡？」亦風驚訝道。

「我一直都是坐這裡的呀。」

「是嗎，那怎麼這幾天都不見你？」

「平時小息時我都會去圖書館。」

「那你今天為什麼不去？」

「呃……」

青青忍不住笑了笑，卻將二人的目光拉到自己身上，於是她便隨意一問：「那麼……金田一，是漫畫《金田一少年事件簿》的那個金田一嗎？」

「對啊，你有看啊？」亦風開心得提高了聲線。

「看倒沒看，只是聽過……」青青垂頭。

「你知道嗎？其實漫畫那個金田一一，在設定上就是金田一耕助的孫子啊！」亦風仍然自得其樂，讓很想問一句：「金田一耕助到底是誰？」的青青不知如何開口。

彷彿是感應到青青的無助一般，坐在胡賢身旁的Wiki突然搭話道：「不過，有傳最初那只是金田一漫畫作者擅自挪用，還引起了創作出金田一耕助這角色的小說家橫溝正史的家屬不滿，不過後來在《金田一少年事件簿》所屬的講談社出面協商，才讓事件告一段落。」

眾人一同驚訝地望向Wiki，彷彿現在才發現她的存在。

「怎麼了，還想聽更多小知識嗎？」Wiki托了托她那副厚重的近視眼鏡，然後得意地笑道：「好吧，那我就再說一個。橫溝正史筆下的這個金田一耕助可是大有來頭，和江戶川亂步創作的明智小五郎，以及高木彬光筆下的神津恭介，並稱為日本推理小說的三大偵探。」

「明智小五郎，名字和柯南的小五郎一樣呢。」青青隨口一說。

「因為明智小五郎就是毛利小五郎的藍本，另外江戶川柯南的江戶川也是來自江戶川亂步啊。」Wiki道。

「不愧是Wiki，什麼都懂。」青青說。

「你也是推理小說迷嗎？」亦風雙眼發光地望向Wiki。

「不，我只是喜歡看維基百科而已。」

「這樣啊……所以才會叫Wiki嗎？」

「失禮。」Wiki托了托眼鏡。

「說起來，」亦風轉向青青問道：「你也有看柯南啊？」

「有啊。」

「那正好，現在有部柯南電影上映，我們……一起去看好不好？」不知為何，亦風的聲線愈來愈低。

「好啊好啊，我早就想去看了！」青青雀躍地道。

「那約什麼時候去看？」胡賢打開電話，開出檢視電影場次的APP：「星期六早場？」

亦風尷尬地道：「呃……我只邀請了青青啊？」此言一出，眾人都怔住了。過了好一會，Wiki才解釋道：「一男一女去看電影，一般都會稱之為約會。」

「就是約會啊……不行嗎？」亦風紅著臉道。

「什麼!?」三人，包括青青在內的三人，都嚇了一大跳。

Chapter 8

滿是套路的約會

星期六。

晨光明媚得有點過分的早上。

青青頂著漁夫帽也擋不住酷熱的陽光，但她依然如期來到戲院。

「Hi，你今天穿得很可愛啊。」亦風的聲音突然從身後傳出，嚇了青青一跳，還讓她的腦袋當了會機，覆讀般回道：「哪、哪有……你、你也很可愛啊。」

「咦？我？可愛？」青青這一句可愛竟像利刃一般刺入亦風的胸膛，他明明頂著炎熱，噴上大量止汗劑都要穿上家中最帥氣的外套，加上用了快半個小時才造好的頭髮造型，結果卻換來一句可愛，讓他大受打擊，一臉委屈地檢視自己的衣著。

青青注意到亦風似乎不太喜歡被別人說自己可愛，便道歉：「呃，不，抱歉，我不知要說什麼，所以才說可愛的……」於是青青努力地觀察亦風的打扮，並嘗試說出對方喜歡聽的稱讚：「嗯呀，你今天的髮型很有精神啊，都一束束的向上揚呢。」

「嗯……謝謝。」亦風不好意思地揉了揉頭髮，然後再爽朗地笑道：「也謝謝你願意赴約。」

「哼，你都那樣說了，我拒絕的話豈不是很不近人情。」青青情緒高漲地握拳道：「而且這部電影我也很想看啊！」

「哈，那去買票吧！」亦風說罷便走向售票處，留下怔在原地的青青小聲嘀咕了一句：「快開場了……才買？」

幾經辛苦，二人終於在最後一刻買到票，雖然幾乎是最前的幾排。

在等候進場的期間，一陣熟悉的焦糖香氣纏繞住二人，亦風左顧右盼，發現了來源之後，便叫青青稍等，就跑了開去，過不久，便捧著一大杯爆谷回來了。

「來。」亦風遞上爆谷。

青青稍稍猶豫，然後伸手取了幾顆，放入口中，露出了幸福的表情。

「好吃嗎？」亦風笑問。

「雖然好吃，但……」青青卻垂下了頭。

亦風見狀本想關心一下，卻正好可以入場，二人便被人潮推入了戲院。坐好後不久，燈光便稍稍暗了下來，開始播放其他電影的廣告，然後，便正式開場。

亦風一邊看著電影一邊享受著尚暖的爆谷，然而途中幾次遞給青青，卻都被禮貌地拒絕了。

經過了近兩個小時的光影交錯，工作人員的名單還在隨著主題曲徐徐落下，影院的燈及觀眾已經開始躁動。青青本想安坐到最後，卻也因為亦風隨著人群一同離席，所以只好跟上。

「呼，真好看呢！」亦風滿足地伸著懶腰。青青則揉按著一直抬頭以致極度疲倦的頸項，稍稍惋惜地道：「沒錯，不過還想再聽多會主題曲……」

「你聽得懂日文嗎？我完全不知道在唱什麼，哈哈！」亦風突然凝望著青青的唇，道：「你的唇怎麼白白的，中毒了嗎？」

「可能是影院有點冷吧？沒事的。」青青揉了揉冰涼的唇。

「哈哈，還以為是爆谷被人下了氰化鉀。」

「呵，幸好爆谷不是杏仁味的。」二人一同開著柯南中最常見的毒藥——氰化鉀的玩笑，那是一種有杏仁味的化合物。

說著說著，二人便來到了快餐店，準備一邊午飯一邊討論劇情。

「電影、爆谷、快餐店、討論劇情，很好，很經典的約會套路！」戴上報童帽及太陽眼鏡喬裝的米八吐舌道：「沒想到亦風踢足球那麼厲害，約會竟是這般毫無新意！」

結果卻無人回應，於是她便回頭一看，只見身後的胡賢和 Wiki 竟在熱烈地討論電影的劇情。

「我找你兩個來不是為了看電影的，是來做狗仔隊的啊！」米八氣道。

Wiki 還是那樣，先托了托眼鏡才答道：「可是，按照他們現時的互動，頂多也只是去到尚未熟絡的朋友階段，新聞價值度還遠遠不足，可說是毫無報道價值。」

「原來新聞價值也能用數字衡量的嗎？」胡賢好奇地問：「那要去到怎樣的程度才算有新聞價值？」

「起碼要有身體接觸。」

「身體接觸？」胡賢戰戰兢兢地問：「例如拖……手？」

Wiki 答道：「拖手？又不是小學生。起碼也要 Kiss，那麼畫面才夠震撼，現在的讀者都要靠圖像視覺去吸引……」

沒等 Wiki 答畢，光是聽到要 Kiss，胡賢就已經忍不住將口中的汽水噴了出來。

沒等二人繼續鬧大，米八便已機警地將二人按了下去。而幾乎是同一時間，坐在另一側的青青轉頭望向他們這邊。

亦風奇道：「怎麼了？」

「沒什麼，對了，你剛才說什麼？」青青說。

「我在問，你覺得班中人誰最有潛質成為殺人兇手呀。」

「對對對，這題目有趣！」青青雙眼放光。

「我認為是米八。」亦風說。

「她的確有兇手的氣質，但同時也有很強烈的要成為記者的執念……說她像兇手，感覺更像是那種會為了新聞而對命案袖手旁觀的人！」青青認真地分析的同時，遠處傳來了一聲有點耳熟的噴嚏聲，於是她又轉頭望去，卻依然沒有什麼發現。

「怎麼了？那邊有什麼嗎？」亦風問。

「沒、沒什麼。」

「那麼你覺得誰有潛質呢？」

青青細想了一會，然後答道：「嗯，我倒覺得 Wiki 很有潛質。」

遠處又傳來一聲乞嗤。

「為什麼？她看上去比你還文靜啊？」

「正是這種人成為兇手才有戲劇性，而且她的豐富知識量足以讓她成為一個好的兇手。」青青認真地分析道。

亦風拍案笑道：「哈哈，怎樣的才算是好兇手啊？」

「呃……就是有格調的兇手？」

亦風暢笑過後，才再問道：「那麼你呢？能寫出推理小說的，恐怕也很有潛質？說不定還已經有了計劃？」

青青露出詭譎微笑，神秘地道：「嘿嘿，你猜猜？」

亦風不知為何臉紅了紅，雙手一時間也突然不知要如何安放，頓了頓，才說道：「那麼我呢？我有潛質嗎？」

「你啊？太爽快直接了，一點都不適合，就算是殺了人，也會很快就被人捉到。」青青說。

「嗚……那麼胡賢呢？」亦風隨口問道。

「噗嗤！」青青笑得渾身發抖，幾乎將口中的奶昔都噴了出來，讓亦風也嚇了一跳。好不容易忍住笑後，她才道：「比起兇手，他更適合做受害者，在這方面簡直就是天選之人！」青青神色興奮地說：「像他那種幾乎沒脂肪的瘦削身材，是殺害後最容易處理的類型，不像胖子，要處理屍體可是很麻煩的，除非遇到愚蠢的兇手，否則胖子都很安全。但像胡賢那種就要千萬小心不要得罪人了，不然的話……嘿嘿！」

遠處又再傳來一聲乞嗤，而且比剛才幾下都要大聲。

同時，亦風似乎隱約地察覺到什麼，於是以玩笑口吻問道：「莫非他在你的殺害名冊當中嗎？」

「我不知道啊，什麼都不知道。」青青浮誇地吐舌道。

「怎麼感覺你們兩個好像關係不錯？」亦風問著問題時，不知為何感覺喉嚨有點哽咽，是吃太多薯條的關係嗎？

「才不是，我跟他不太熟！」青青不屑地道。

「是嗎？但我從未見過胡賢與女生這麼聊得來。」

「我們很聊得來嗎？嗯……只是因為我平易近人吧？」青青狡黠地笑道。

亦風突然凝視著青青，讓她覺得好不自在，好一會後，亦風才道：「明明做了兩年多同學，我不單不知道你會寫小說，還不知道你原來這麼有趣，一直都覺得你只是個沒什麼存在感的乖學生。」

「就像個路人或是NPC一樣，對不對？」青青自嘲道。

「NPC？哈哈，這個比喻好，就是這種感覺。」亦風開懷笑道。

「哼，反正我就是個小角色。」青青裝作生氣，鼓起腮別過臉去。

「那邊是不是在吵架啊？」米八觀察到異狀，不滿地道：「都怪你們輪著打乞嗤，害我跟不上劇情了！」

「明明你是連環乞嗤個案的第一個案例，別想將責任都推卸掉。」Wiki冷靜地反擊。

「嗚……」米八說不過Wiki，於是轉移話題道：「呃，他們現在這到底算是什麼氣氛呢？只覺得青青似乎在生氣……早知道就該坐近一點。」

胡賢落寞地道：「氣氛應該很不錯，我從沒見過亦風那害羞又開心的樣子。」

「你怎麼看得出來的？明明他只是在笑……」米八疑惑。

Wiki卻興奮地推了推眼鏡，同時打量著亦風，然後打量著胡賢，並怪叫了一聲：「喔呵？」

「嗚……莫非你是腐女？」胡賢感到不妙。

「嘿嘿，那即是你明白我在『喔呵』什麼？」Wiki 更興奮了。

「我不知道不清楚不想明白！」胡賢掩著耳朵，裝作不在乎道。

「什麼是腐女啊？」米八一臉不解。

「你明明想做記者，知識範圍怎麼如此狹窄？網絡可是很廣闊的啊，呼呼。」Wiki 裝模作樣地道。

「又在賣弄，真受不了！」米八雖然不滿 Wiki 的態度，但仍然好奇地問道：「好喇，快告訴我吧！」

然後 Wiki 便在米八耳邊小聲地解釋何謂腐女，以及她們所喜愛的男男、配對、攻受等附加知識，嚇得自以為成熟的米八都不禁驚叫了出來：「什麼？」

「別那麼大聲！」Wiki 馬上掩住米八的嘴。

「怎麼感覺那邊好像一直在吵？」青青詫異道。

「啊，是作者的取材天線發動了嗎？」亦風興致勃勃地問。

「不，就只是單純覺得吵而已……」

「哎呀，老師的心態果然與我這些凡人不同。」亦風雙眼仍在閃閃發光。

「為什麼……你會這麼欣賞我啊？」青青終於問出這壓在心底一段時間的問題：「明明那篇作品也不算寫得很好……」

「怎麼會？起碼我就寫不出來。」亦風黯然地道：「你知道嗎？我從小已經很喜歡偵探，並且還一直夢想著成為偵探，或者是成為寫偵探小說的作家。其實就連足球，也是因為柯南才開始踢的。」

亦風頓了頓，然後才續道：「只不過，經過一次又一次的嘗試後，我終於發現自己不單沒有偵探的頭腦，更沒有寫作的才能，所以……我才會那麼崇拜能寫出一篇完整小說的你。」

青青不知該說什麼，只好默默地咬住奶昔的飲管，腦海中卻突然浮現起亦風在邀約她來看電影時的那片段——

Wiki才解釋道：「一男一女去看電影，一般都會稱之為約會。」

「就是約會啊……不行嗎？」亦風紅著臉道。

「什麼？」三人，包括青青在內的三人，都嚇了一大跳。

「約會，不就是為了認識對方更多嗎？我想知道更多關於青青的事才約她的，所以說是約會有什麼問題？」亦風凜然地道。

——青青不禁笑了笑。

「嗯？怎麼了？」

「沒什麼，那經過這……呃，約會之後，你有什麼感想呢？是不是對這個不成材的我很失望呢？既沒看過多少推理小說，更不懂半條推理小說守則。」青青苦笑道。

「怎麼會？本來對你只是崇拜，但認識到你平日隱藏的自己後，反而更著迷了。」亦風托著腮，暖暖笑道。

青青呆了好一會，才紅著臉急道：「你、你亂說什麼啊!?」

「下次還能再約你嗎？」亦風突然問。

「呃……」青青垂著頭低聲道：「如果……能再加上其他人一起的話會更好……」

「其他人是指？」

「米八、Wiki，或者加上卡樂B？」

「那胡賢呢？」

不知為何，青青的心情突然舒坦了點，不再那麼侷促，她抬起頭，笑盈盈地嘲諷道：「嘿嘿，你想叫上他嗎？雖然我不太在乎他，但畢竟你們是朋友呢，那也不是不可以，你怕羞的話就帶上他吧。」

亦風卻露出落寞的神情，沉聲道：「或許不只是朋友呢，還是宿敵……」

「什麼啊？中二病發？」青青聽得頭都歪了。

「才不是呢，哈哈！」

二人聊得正開心，青青的電話卻突然亂震了起來，還播著奇案節目常用的詭異音樂。

「怎麼了？家人找你嗎？」

「不，是鬧鐘，我要回家看動畫了。」青青俐落地收拾好行裝，並在起身的同時說道：「今天很開心，下次再一起去玩吧……大家一起。好了，再見！」

然後青青就一陣風般溜走了。

「啊，等等……」亦風說出口時，青青已經奪門而出，他不禁冒汗道：「走得真快呢……是什麼動畫那麼心急？」

然後，他收拾好自己的東西，站起來，卻不是離開快餐店，而是走向米八他們的方向。

亦風皮笑肉不笑地搭住胡賢的肩膀，向眾人問道：「你們今天玩得開心嗎？」

米八他們不禁嚇得啞口無言，過了好一會，胡賢才問道：「你、你是什麼時候發現的？」

亦風沒有回答，只是繼續微笑著，笑得眾人心底發寒。

Chapter 9

陰晴不定的星期一

星期一。

陰晴不定的星期一。

烏雲層層疊架，猶如一片飄浮在天空的灰茫山脈，暴風將至未至，壓得人喘不過氣來。

這天，林青青如常地被6時28分的鬧鐘吵醒，在經過細心又具效率的梳洗後，悠閒地在家裡上了一會網後，如常地在7點32分出門，由於不必再在途上買早餐，所以即使青青放慢步伐，仍能如期在7點40分來到小巴站。

一如計算，青青順利趕上這兩年來都準時搭上的小巴，然後安坐在最後一排的單邊座上，利用短短的11分鐘車程，用電話觀看她最喜歡的殺人奇案節目。

11分鐘過後，小巴來到校門，青青退出了仍未看完的奇案節目，換上一副乖巧的神情，並踏著好學生的步伐離開車廂，走向校門。

步入校門的那一瞬間，她感覺到自己由一個小眾的獵奇案件愛好者，變身成和人人都能親切地打招呼，笑著聊上幾句，卻沒什麼存在感，一個只存在於別人青春裡的路人

NPC。

不過，青青向來甘於做這種小角色，雖然……

雖然……

「嗯？」青青還在做著每天登校時的內心讀白，卻突然感到一陣陣的異樣。她左顧右盼，打算尋找異樣的來源，卻發現她視線所及之處都是異樣。

那些異樣來自視線。

來自一道道詭異的視線。

但由於投來視線的人夾雜在人群之中，所以難以定位，但感覺都不是熟人。

「怎、怎麼回事？」雖然青青喜歡看奇案，但卻不打算自己也投入到奇案之中，所以面對不知從何而來的怪異目光，她感到相當心慌，只好加快腳步，盡快回到班房。

然而，青青沒想到，班房才是聚集了最多怪異目光的地方。

青青甫踏入門口，本來熱鬧的班房便瞬間靜了下來，眾人的目光猶如聚光燈般聚焦在青青身上，令她心跳加速、冷汗狂飆，手腳突然湧出麻痺感，彷彿連血液都被嚇得不敢自在地流動，然後口腔的水分也像瞬間蒸發了一般，乾涸如荒漠，僅餘的液體都凝成一道漿糊，把上下顎牢牢地黏住。

唯獨耳朵，彷彿開了竅，再微小的閒言閒語都聽得清清楚楚。

「就是她？不就只是個路人嗎？」

「亦風怎會和這樣的人約會啊？你確定消息來源沒錯？」

「是真的啊，他們一起去了看電影。」

「她憑什麼啊？」

「只不過是一起看電影，有什麼問題啊？」

「你們這些男生不懂，那些裝得愈乖的女生，通常都愈放蕩！」

「說不定是她做了什麼引誘亦風呢。」

「不就只是恃著得了個小說獎，剛好亦風又是個推理小說迷。」

「會不會是布局啊？就是為了吸引亦風的注意才會去參加比賽……」

「說不定還收買了阿陳，所以才會那樣大肆宣揚！」

「嗚哇，真卑鄙！」

「看上去那麼乖巧，沒想到原來這麼會耍心機，真是看錯她了！」

「等等啊，說不定是誤會……」

「你想幫她說好說話麼？」

「不、不……只是……」

「說話不必那麼難聽吧？」

「我們自己圈子說話關你們什麼事，還是你們也對亦風有興趣？」

「胡、胡說什麼啊！」

「啊啊，她還有臉這樣大搖大擺地走進來？」

「看，她好像在發抖呢，活該！」

青青強忍著不安與恐懼，視線也不知該往何處安放，只能直直地瞪著前方，用發抖的雙腿走到座位，放下書包後，也顧不得想上前來安慰的Wiki，就一支箭地奔出班房。

自從被圖書館的管理員盯上後，學校裡最能讓青青安心的地方就只剩下一個——早餐會所在的天台。

青青拔足狂奔，直上天台。

卻發現，天台上空無一人。

收風的米八，還有送早餐的胡賢，全都不在。

一道孤寂的愁緒植入心頭，讓青青再也不能自已，抬頭向天——

怒罵了一句：「#$@%#%！是他約我的，關我屁事啊！」

就在青青放罵的同時，身後傳來了一聲「啪咚」。

青青回頭察看，卻見是胡賢，不知為何仆倒在地，但仍然極力地用雙手保住手中的炒米粉免於倒瀉。

「你……滑倒了嗎？」青青問。

胡賢晃了晃手上的炒米粉，示意青青接過，然後才狼狽地爬起身來，拍拍身上的灰塵後才尷尬地道：「我……以為你是跑上來哭的，所以……」

「哭？為什麼？」青青倔強地道：「就憑那『是非少女團』就想讓我哭？太天真了，何況我也聽到不少同學替我說話呢，哼哼！」

「哈，我真是太小看你了。」胡賢爽朗地笑了，這笑容的爽朗程度毫不輸亦風。

「你為什麼不多笑點？」青青問道。

胡賢馬上掩嘴垂頭道：「因、因為我的朋友都說我笑得太開心的話，笑容會很奇怪……」

青青歪著頭，回想起她們的第一次相遇時，胡賢一邊看著《叮噹》，一邊露出奇怪的忍笑表情：「啊，的確呢……」

「嗚……」胡賢縮起身子，縮得都幾乎能將自己攝入牆縫之中。

「說起來……」青青自然地打開炒米粉，埋首一口一口地吃起來時，小聲說道：「你……是擔心我自己躲起來哭，才跑到仆倒的嗎？」

「不，雖然我是急著追上來，但最後讓我嚇得仆倒的，是因為你突然爆粗。」胡賢又再笑道：「我還是第一次聽你講粗口，真有氣勢。」

「別小看我啊，我可是很惡的！」青青張牙舞爪地道：「怕不怕！」

「怕了怕了。」胡賢又打開自己的炒麵，一同吃了起來。

「說起來，米八怎麼不在？」青青問。

「你沒看早餐會的群組嗎？」

「點餐後就沒再看了。」青青掏出電話。

「點餐……你真當我是送餐熊貓啊……」

青青點開群組，見到20分鐘前米八留下訊息：

我去調查傳言源頭，若是亦風自己傳出去的話……

讀畢訊息後，青青眼眶不禁泛了泛淚光，她不想讓胡賢看到，便馬上擦了擦，同時用餘光瞟了胡賢一眼。只見胡賢也奇怪地別過臉去，不讓青青察覺到他察覺到青青泛淚。

但由於胡賢的動作實在太過彆腳，讓青青忍不住笑了，而且愈笑愈大聲，笑得淚水都飆了出來。

青青笑得爽了，胡賢卻被笑得滿臉通紅。

「你怎麼還笑得出來？」米八翹著手，挨著天台門的門邊，裝模作樣地說道：「我，找到兇手了。」

「真的？我還以為……是你。」青青吐舌道。

「怎麼可能？你們的事都還沒醞釀出新聞價值，我怎會出手！」米八不滿地道。

青青卻只是笑了笑，然後問：「那麼是誰？」

「是亦風的豬朋狗友。」

「啊，我大概想像到了，應該是亦風在群組裡炫耀，然後就被口疏的人傳開了。」胡賢推敲道。

「有什麼好炫耀啊……」青青不解。

「你不在裡面嗎？亦風的那個豬朋狗友群組。」米八問。

「在啊，不過他們又吵又煩，所以我早就關了通知。」

「的確呢，那些多人的群組看著就煩。」青青道。

「可是如果你早點知道，不就能讓青青有些準備嗎？」米八怪責道。

「算了，知道是誰又能怎樣呢？」青青攤手道。這一攤卻讓胡賢與米八都瞪大了眼，

青青疑惑地問：「怎、怎麼了？」

「你竟然為胡賢說話！」米八興奮地道。

青青漲紅了臉，馬上反駁道：「才沒有！我只是說知道是誰也沒用而已！」

「難道你不打算澄清嗎？」米八奇道。

「澄清？」青青一驚，然後垂頭小聲道：「不要吧……我這種小角色，說什麼別人也不會信，而且被笑幾天應該就沒人會記得了……」

「是嗎？」米八無法開懷，於是望向胡賢，打算尋求盟友。

「澄清什麼的，的確太可怕了……」胡賢瑟縮道。

米八無言，面對這兩個沒出色的傢伙，似乎也只能放棄。

待三人吃完早餐後，米八和胡賢一左一右，猶如左右護法般護著青青，一同走回課室。

然而，還沒走入班房門，三人已見識到澄清的可怕。

只見亦風一臉怒容地痛罵著剛才對青青單單打打的女生團體，而且不知為何，卡樂B也在當中。

「哎呀……雖然看到『是非少女團』被罵是很爽，但……」米八道。

「嗚，這下收不了科了……」青青欲哭無淚。

一不小心
我的青春
風起雲湧

Chapter 10 另一個調班生

「豈有此理！那個臭亦風憑什麼罵我們？又不是我們傳出去的！」「是非少女團」成員A表示。

「算了，你看雪揚都快要哭了，就別再說了。」「是非少女團」成員B說道。

「我、我沒有哭，只是……」「是非少女團」成員之一的雪揚看似悶悶不樂地說道：「我想不通亦風為什麼會為了那毒菇而發這麼大的火……」

「波牛就是波牛，一點選女人的眼光都沒有。」成員A道：「來，去吃飯，不要把那種男人放在心上。」

雪揚卻仍是一臉鬱悶，小聲嘀咕道：「我明明是為了亦風才調來這班的……哼，我才不會這麼容易認輸！」

「你說了什麼嗎？」成員B關心地問。

「沒什麼，走吧，去吃飯。」雪揚甩了甩那把如洗髮水廣告的柔順長髮，同時將臉上的不甘與不服輸都甩開，換回往常的青春與氣燄交纏的神情，一雙泛光的眼眸滿是自憐與自信，那塗上了游走在校規邊緣的淡色亮彩潤唇膏，還有特地改短了數cm的校裙，令她處身在仍是懵懵懂懂的3A班學生之中，猶如恐龍立於雞群一般，不單突出又突兀，還帶著少女的霸氣。

所以，即使雪揚與胡賢一樣，都是今年才調來A班，但她卻已憑著外表、氣場和時尚的知識，在班中佔有一席之地。雖然她的圈子被米八稱為「是非少女團」，卻仍然讓班中部分女同學，尤其是渴望著閃亮青春校園生活的女同學對她趨之若鶩。

而這之中，就包括了卡樂B。

雪揚領著成員——或者說跟班——一同步出課室時，發現卡樂B一如往常地沒有跟上。這讓雪揚想起了，她們在對青青單單打打時，卡樂B竟然不識時務地為青青辯解，說可能是誤會，於是她便試探地問道：「卡樂B，又不一起LUNCH嗎？」

「抱、抱歉，我約了人……」卡樂B戰戰兢兢道。

雪揚向跟班A使了個眼色，跟班A便咄咄逼人地道：「卡樂B，你這樣很難真正融入我們的圈子啊？」

「就是，你看我，明明是這年才調過來的，融入得多快？」雪揚撥了撥劉海，向卡樂

B露出了一個看似親切的笑容。

「呃，可、可是我從中一開始，已經和她們一起吃……」卡樂B發抖地道。

「她們，是誰？」雪揚仍是掛著那款笑臉，聲調卻一如她的名字般清冷。

「就、就是Wiki，還有……」

「還有？」

「還有……青青……」

青青的名字一從卡樂B口中說出，周圍的氣氛瞬間凍住。

「原來，你和那毒菇是朋友呀？」雪揚毫無表情地問道。

「不、不是呀，只是她中一時邀請了我，習慣了而已……」卡樂B冷汗狂飆。

「這種無益的習慣，還是早點戒掉好，你說何時開始好呢？」雪揚別開臉，然後徐徐離開，同時向兩個跟班使了眼色。

那二人留在原地，狠狠地瞪著卡樂B。

「知道了，就、就今天吧……」卡樂B垂下頭，跟著二人一同追上雪揚的步伐，就像被架向刑場的人一樣。

這天，卡樂B由青青的飯友，成為了雪揚的跟班C。

從這天起，青青的飯友就只餘下Wiki。沒有貪吃的卡樂B幫手分擔飯量的，又不想浪費，結果，二人就此埋下了肥胖的種子。

至於失去了飯友所分的飯的卡樂B，再加上雪揚一行人為了保持身型，幾乎每餐都是沙律等健康餐單，也讓卡樂B漸漸地走上消瘦的路。

而亦風與青青一同看電影的事件，亦正如青青和胡賢所預料一樣，不知不覺間就冷卻了下來，只有雪揚的「是非少女團」仍然耿耿於懷。

但即使她們耿耿於懷，經常都想藉機找青青麻煩，卻發現，只要不是上課時間，青青都幾乎不在班房，讓她們找不到欺凌良機。

她們也有問過跟班C，但她卻答道：「我、我也不清楚，我和她真的只是飯友……」

由於她的態度誠懇，所以雪揚也只能相信，心中卻在盤算，認為青青的去向值得好好調查一下。

於是，她便在一次午膳期間，提早埋伏在小貓三四隻的課室，等待獨個兒吃飯，然後早早獨個兒歸來的胡賢。

「喂。」雪揚坐到Wiki的座位上，隨性地呼喊著剛回來，準備從書包掏出筆記簿的胡賢，卻把他嚇了一大跳：「嗚哇!?你、你怎麼在這!?」

「你這麼大反應幹什麼？」雪揚不屑地道：「我也是這班的呀！」

「咦？都開學好幾個月了，我怎麼沒發現……」胡賢驚訝地道。

結果雪揚卻一拳敲向他的側額，並道：「那是你的問題吧？你這死宅男就知道埋頭寫寫寫，都不知道在寫什麼。」

胡賢揉著側額道：「嗚，我才不是……」

卻被雪揚打斷了，她指了指青青的座位，問道：「你和你前面那人熟不熟？」

「你指青青？」

「對，就是那毒菇。」

「雖然這稱呼是我隨口說出來的，但別這麼叫她。」胡賢不滿：「怎麼了，你還想找她麻煩嗎？」

「不是啊，我只是想找她約會。」雪揚道。

「什麼!?」胡賢嚇得幾乎跌坐在地。

「呵呵，你的反應還是那麼像搞笑漫畫。」雪揚爽朗地笑道：「我是在借用亦風說的話而已，約會就是想多了解一下她嘛。」

胡賢露出不信任的目光盯著雪揚：「真可疑。」

「哎呀，你不是怕女生的嗎？」雪揚收起那爽朗的表情，換上一副嬌媚的神態，並向胡賢拋了媚眼：「怎麼這樣直勾勾望著我看？我害羞啊！」

「嗚！」胡賢馬上別開臉避開雪揚的媚眼：「我、我不清楚她的事，別問我。」

「是嗎？」雪揚起身離開，但雙眼卻一直打量著胡賢，心想：「哼，他們之間一定有什麼關係，也算是沒有白行一趟。」

擺脫了雪揚後，胡賢鬆了一口氣，便打算按照往常習慣，帶著筆記簿躲到圖書館，卻在剛踏出班房門口轉向的一刻，被一個高大的身影壁咚了。

「嚇、嚇死我了！」胡賢看向那人，發現是米八，而且還是一個神情肅穆的米八。

「那『是非少女團』團長找你幹什麼？」米八問。

「『是非少女團』團長？是指雪揚嗎？」

米八呃了呃嘴然後才點了點頭示意。

「她問我青青的事。」

「那你如何回答她?」

「我說不清楚。」

「真的?」

「真的。」

「哼。」米八再問:「為什麼你和那『是非少女團』團長怎麼好像很熟的樣子?」

「啊,因為我們之前兩年都同班。」

「但你不是怕女生的嗎?」

「為、為什麼你們都要這樣說啊?」胡賢一臉尷尬:「我和你,和青青……還有Wiki,不是都相處得還不錯嗎?」

「那除了我們三人之外呢?」

「嗚……」胡賢一臉若有所思,然後一副說來話長的表情,道:「那是因為以前……」

「我沒興趣知道你的往事。」米八堵住胡賢的嘴巴,繼續自己的問題:「我只想知道為什麼你和她能聊得那麼自然。」

「呃……說起來也是，為什麼呢？」胡賢歪頭細想了一會，才道：「大概是她跟我說話時的感覺吧？」

「什麼感覺，說得那麼曖昧。」

「就是不像女生，所以聊起上來沒那麼拘謹。」

米八聞言一怔，然後開始回想剛才的情景：「對啊，當她換了個氣場，向你拋媚眼時，你馬上就縮了。」

「咦咦？有嗎？」

「哼，你也是個好色之徒。」米八用望垃圾的眼神望向胡賢。

「為什麼這樣說我？這哪算什麼好色啊？」胡賢慌張地澄清，米八卻毫不理會，早將視線放到已走到遠方的雪揚身上，然後自言自語道：「嗯哼，我一直只把你當成『是非少女團』團長是膚淺了，看來你也隱藏著新聞價值啊……」

走遠了的雪揚不禁寒了一寒，她敏銳地回頭察看，卻只見胡賢一臉茫然地貼著牆站著，再沒其他熟人的身影。

Chapter 11
聚光燈照向了他

又過了幾個星期，校園依然一片平靜。

青青被雪揚盯上，而雪揚又被米八盯上，米八又總是被青青牽制著，於是，這三人就這樣形成了一種絕妙的平衡，就像是包剪揼一樣，只要三者同場，日子就仍然和平。

然而，作為這三角平衡的其中一點的青青，卻絲毫沒察覺到自己身處其中，甚至根本察覺不了這平衡的存在。

而這段時間裡，她在學校時，上課以外除了早餐會和飯友會外，都躲在了圖書館，將所有的時間都投放在準備參加小說比賽的作品上。

她感到相當頭痛，因為人人都以為她擅長寫推理小說，但其實正如胡賢所說，之前那篇作品，比起推理的部分，青青寫得更用心的，是犯罪的部分，只是因為那本是閱讀報告的功課，有著字數限制的問題，所以她只能在犯罪方面的描寫上草草地寫，卻因而反過來突出了推理的部分。

再加上那篇小說是建基於一部罪案紀錄片之上，而那部紀錄片又是建基於一宗真人真事的案件之上，就像在限定的空間中，用既有的素材，有藍本可供模仿地搭建一間房子一樣。所以當青青這次要在一個有更大創作空間的比賽中，再次寫一個新的故事時，就感到無從入手，空間雖然仍有限定，卻寬闊了許多，素材和藍本都要重新尋覓。

「真頭痛……到底正正經經的推理小說要怎麼寫啊？」青青趴在桌上嘆氣道，眼光拂過旁邊座位的胡賢，只見他還是那樣子賣力地揮筆，就像是那個著名的黑人小孩答卷迷因一樣，青青心想：「難道他也有在寫小說嗎？之前問他時也不肯說自己在寫什麼，肯定有什麼不可告人的秘密，就等我偷看，不，是調查一下！」

於是青青便探頭過去，只見那筆記簿的一角，有一團鉛筆撩成的亂線，然後，再向上望……

「你在幹什麼？」胡賢彷彿背後長了眼一樣，馬上蓋起了筆記簿，然後望向青青。

「呃、呃……」青青一時間不知道該如何解釋，於是脫口而出問道：「我想不到比賽作品該怎麼寫，所以在找靈感……」

「原來是這樣啊？」胡賢撫著下巴思考了一會，然後答道：「你沒有一些很想寫的題材嗎？」

「沒有啊。」

「那試試想幾個自己有興趣的關鍵字，然後再構想一下這些關鍵字可以發展出怎樣的劇情？」

「呵，說得頭頭是道呢，莫非你也是創作經驗者？難道你也在寫小說？」

「沒、沒有啦，只是看過這方面的書而已。」

青青還想再進一步逼問，但上課的鐘聲卻不識趣的響起。

「呼，上堂了！」胡賢馬上鬆了口氣，開始收拾桌面上的東西。

青青卻皺起了眉：「嗚，是我最討厭的體育課……」

胡賢打量了一下青青瘦小的身型，然後道：「看得出來。」

「你不討厭嗎？」青青瞪了他一眼，然後回敬道：「你不也是，一放學就只知道跑回家看『多啦』的人，會擅長運動嗎？」

「畢竟我小學開始就經常被人捉去練……」胡賢這才察覺不妥：「等等，你怎麼知道我一放學就跑回家？還知道我是趕回去看什麼？」

「哎呀呀……」青青不知要如何掩飾，只好強硬地轉個話題：「唉，這體育堂真不知要怎麼過才好。」

胡賢反了反眼，卻還是好心的給了意見：「可以學我，體育堂時我都會盡量躲在一邊發白日夢，你也可以趁機構思一下劇情嘛。」

「就因為這樣，所以不怕體育課嗎？」青青笑道。

由於聊了起來，所以二人並沒有如往常般，有默契地一前一後離開圖書館，而是不知不覺地就一起並肩走回課室。

雖然，這對很多人來説都不是什麼值得一提的事，但還是有少數幾個人，將這一切看在眼內。

亦風就是其中一位。

是疑惑？是不解？是困擾？是八卦？還是……嫉妒？

亦風不懂如何描述自己當下那股複雜的心情，只感覺像一鍋亂放材料的放題火鍋，什麼味都有，但最突出的還是澀和苦，甚至澀得連心臟都捲作了一團。

反正，他看不過眼。但又因為早就問過胡賢，他和青青二人的關係，再三追問的話，就感覺很小家。

但感情，就是會讓人變得小家子氣。

所以，在體育課上，亦風做了件很彆扭的事。他裝作意外，將球狠狠地踢向坐在操場一邊發白日夢的胡賢。

而想參考胡賢如何發白日夢的青青，恰巧將這一切看在眼內，胡賢發白日夢時出神的呆相，還有亦風那夾雜陰沉與頑皮的表情。但她的心神都被亦風的那一腳嚇得出了竅，只在意那凌厲飛出的足球，會否引發什麼意外——

卻沒想到，那本來還是一副呆頭呆腦表情的胡賢，在聽到亦風的腳面踢向足球時發出的聲響時，就已經馬上回過神來，畢竟這聲音他從小學已經聽起，早就熟悉得很。只見胡賢行雲流水般，猶如早就練習了千百次一樣，用胸口，將來勢凶猛的足球，輕巧地控了下來，然後，再精準地踢回給亦風。

那動作流暢得有如舞步，讓青青，以及其他八卦的同學們，都不禁看呆了。

胡賢撫著心口責怪道：「嚇死我了！」

「反正你都早就習慣了！」亦風臉上的陰沉像錯覺般一掃而空，並換上了一副頑童惡作劇成功後的愉悅表情。

吣吣吣！

但二人身後的體育老師兼足球隊教練鄧 Sir，卻完全不當這只是簡單的惡作劇，只見他一臉嚴肅地吹著哨子，然後走來捉走涉事的二人。

不知是否錯覺，青青似乎看到，亦風在被鄧 Sir 架走時，向著身旁的胡賢打了個眼色，並露出奸計得逞的笑容。

上課的時間漫長得猶如進入了光速，課室窗外的時間如常流動，課室內的時光卻如遭到老師講課時的沉悶重力漿連著般，緩慢得如靜止了一樣。

好不容易，終於等到放學的鐘聲響起，課室內外的時間才重新同步起來。

青青揉了揉在沉悶重力中老了好幾歲的臉龐，然後才如常地趕著離校回家。走出校門時，她一如既往地向前窺望，卻發現不見胡賢的身影。

「又被亦風捉走了嗎？」青青一邊心想一邊疑惑地歪了歪頭：「算了，不關我事，還是快些回家吧！」

星期一至四，雖然各有各的名字，但感覺上就像不斷輪迴的同一日。一天過去了，又一天來到了，該上學的還是要上學，該上班的還是要上班，重複著名為日常的輪迴。

然而，所謂的日常輪迴，卻往往會在無聲無息之下突然中斷。

這天，青青如常地在座位放下書包後就來到天台，和挨在欄邊的米八打了聲招呼後，就坐到一邊發呆。

呆了好一會，米八就坐了過來，問：「在想什麼啊？」

「在想著比賽的事……」青青出神地答道。

「還以為你是餓得哭了。」

「說起來，胡賢怎麼還未到啊，我快餓壞了！」

「來，給你。」米八將自己手上的紅豆麵包掰開一半，然後遞給青青。

「可以嗎？這樣你夠飽嗎？」青青流著口水瞪著那半個麵包。

「快吃吧！」米八直接將麵包塞進青青的口中。青青一臉滿足地啃了起來，看起來就像倉鼠一般，米八笑道：「我總算明白為什麼胡賢會肯天天請你吃早餐了。」

「什麼請啊，我可是有付錢的！」青青一邊滋味地咀嚼著麵包，一邊不滿地道：「他本來也故作豪爽說不用，要我計給他看，一個學期下來的早餐費支出後，他才肯乖乖的收下呢。」

「呵呵，你有沒有想過，他根本沒打算要請你吃一整個學期的早餐啊？」米八笑得更誇張了。

「咦？咦咦？咦咦咦？」青青這才發現，原來早餐會的形成，是來自一場誤會，卻也很快就平復下來：「不過算了，反正現在每天一起在天台吃早餐也頗開心。」

米八摸了摸青青的頭，然後一起滿足地分享著紅豆麵包。

吃著吃著，一陣軟弱無力的腳步聲慢慢傳來，二人等了好一會，才看到胡賢那發著抖的身影。

二人感覺不妥，便一同上前迎接，只見胡賢就像被搾乾了一樣，雙腿不住打顫，撐扶著扶手，艱難地上著樓梯。

「你、你怎麼了？」青青擔心地問。

「沒什麼……只是被老師捉去罰留堂……」胡賢邊喘著氣邊遞上今天的早餐：「我今天……一定會鼓起勇氣拒絕的……」

青青自然地接過早餐，然後才問：「拒絕什麼？拒絕留堂？」

「別說這些了……你有靈感了沒有？」胡賢終於來到天台，然後馬上半跌半坐地坐了下來。

「還沒啊……只寫了些關鍵字，你……要看嗎？」青青猶豫地道。

「好啊。」

然後青青才遞上收在口袋中的小筆記本。胡賢打開看了就笑：「嗚哇……真重口味……」

「不、不行嗎？」青青緊張地問道。

「不，如果是出版的小說的話是沒什麼問題的，畢竟這些才是你真的有興趣的東西嘛？只是……」胡賢皺眉道：「這次你要參加的是學界比賽，這些題材不知會否因為越界而被取消資格。」

「取消資格倒好，我也不想再來一次之前那種事。」青青一邊吃著第二頓早餐一邊說道。

「畢竟很耗精神呢。」

「就是啊！」

米八開始跟不上二人的對話，但她又不想打斷二人的氣氛，所以就忍著沒搭話。

「但你有打算在這方面繼續發展嗎？」胡賢問。

「興趣是有的，但寫小說好像賺不了錢吧？」青青說。

「嗯。不過，為錢的話，就不會選擇做創作了。」胡賢突然凜然地道，讓青青不禁望著他怔住了。

胡賢卻似乎沒有察覺，繼續問道：「但你創作的時候開心嗎？享受嗎？有想再試一次的感覺嗎？」

「怎麼說得像毒品一樣……」

「這麼說，又好像真的有點相似……不過你仔細想想看看？」

青青想了想，答道：「寫作的時候，有種好像重新認識了自己的感覺……寫完的一刻，那種舒暢也很難以言喻……還有被人讀過得到感想後，真的很滿足，很開心……」

胡賢再次爽朗地笑道：「那不就夠了？」

「可是比賽就快截止了，我還是沒靈感……」青青扁嘴道。

「那不如試試裸跑吧？」

「你、你、你說些什麼呢！」青青嚇得彈開掩胸大叫：「變態！噁心！怪人！奪座男！」

「等、等等！你先聽我解釋！」胡賢舉高雙手慌張地道：「我、我指的，是精神上的裸跑！這是我之前看的一部漫畫所提到的概念，說創作就是裸跑，要讓別人看見埋藏得最深，最真實的你……」

「真的嗎……？」青青仍然掛著懷疑的眼神。

胡賢仍然慌亂地點著頭。

「你……好像很熟悉這些創作的東西啊？」青青總算放下戒心。

「慚愧，因為這是我的夢想。」胡賢苦笑道。

「什麼夢想？」

「抱歉，我還不能說出來，我怕說出來……就實現不了……」胡賢垂頭道。

「真迷信。」

「因為我不像你，已經有完成的作品。」胡賢咬著唇道：「我卻很怕自己說出來了，最後卻做不到……所以我想等起碼真的有一部完整的作品後才說……」

青青望著胡賢那痛苦的樣子，竟不自覺入了神。

「怎麼不說話了？」胡賢問：「是覺得我很沒用嗎？」

「知、知道就好！」青青慌神地道：「而、而且我對你的夢想也沒興趣！」

胡賢再次苦笑，而一直在旁觀察的米八則忍笑忍得嘴都快歪了。

歡樂的早餐時光轉眼過去，三人現在幾乎不再各自走，而是一同回班房。

三人才剛回到課室，沒想到熟悉的情景又再臨，班中的同學急不及待地起鬨。

米八自然又是先一步溜回座位。

青青深吸了口氣，或許是因為不是第一次，所以她也沒上次那般緊張，然後，當她聽清了起鬨的同學們所歡呼叫喊的是什麼「足球隊秘密武器」、「亦風朋友」、「未來王牌」

後，便馬上跟上米八的步伐，留下胡賢呆站門口。

「就是他嗎？」

「他叫什麼名字？古月賢？」

「是胡賢啊。」一把熟悉的男聲混在其中。

「是文靜可愛型的呢……」

「看上去文弱卻又擅長運動，似乎很有潛質呢……」

「我上年也是和他同班，可以介紹給你們啊。」

「胡賢，聽說你被老鄧特別選拔入校隊了？」

「就是因為昨天那腳嗎？」

「真不得了，都不知道你會踢波。」

胡賢慌張得快步走回座位，過程中還是忍不住瞪了瞪人群中的亦風。而亦風卻只是調皮地單了單眼，然後吐舌作了個鬼臉回敬。

然後，胡賢便轉望向青青，露出求救的目光。卻沒想到，青青一臉難以置信的被背叛表情，彷彿將「胡賢你這傢伙，剛才竟然不將入選校隊的事告訴我？」一句刻在額頭上。

胡賢，欲哭無淚。

主角換人了？

「開場啦！你們走快點啦！」米八左手扯著青青，右手抓住Wiki，走上又長又斜的坡道，強行把她們拉向球場。

「好熱呀！都是胡賢的錯，害得我滿頭大汗……」青青説著抹出一把汗水。

「據聞……某些地方……會用汗漬來……占卜……」Wiki喘著氣講解。

「汗漬也能占卜？真的嗎？」青青好奇地問，卻見Wiki已經喘得不成人形，就説：「你還是先別解釋了，保住命仔要緊。」

三人在烈日下緩緩前進，經歷又煎又熬的苦難後，終於來到球場。

她們剛坐好，青青已急不及待地搜括胡賢的身影，只是球場上連球證在內的二十五人，都沒有一個如胡賢般瘦弱。

而身穿10號的亦風竟發現了青青的視線，笑著向青青擺舞著雙手。青青尷尬地揮手示意後，便繼續「胡賢在哪裡」的遊戲。

「看，果然！」最終，青青指著在場邊後備席上發現的胡賢，一臉不屑地嘲諷道：「他根本不是什麼秘密武器，只是湊人數而已，枉我們還頂著大太陽來看他！」

「畢竟才剛入選，可能還要時間適應才能上陣？嘉賓 Wiki 你怎麼看？」米八拿起電話一邊攝影一邊旁述，同時望向 Wiki，想尋求一些專業的維基百科意見，卻見她仍未回過氣來，在貪婪地啜飲著冰水，米八只好無奈地對著鏡頭說道：「我們先給點時間 Wiki 喝少少水。」

球賽在米八與 Wiki 的直播旁述下，讓從未看過足球的青青也隱約理解到場上的進展，大概就是王牌亦風被重重包圍，無法發揮，然後對手憑著一次反擊，成功攻入一球。

校隊 0:1 落後，時間只餘下 15 分鐘。

這時，一直坐在場邊的胡賢突然站了起身，並開始做著伸展。青青見狀不禁笑道：「胡賢那傢伙是不是坐到屁股痛了，竟然突然做起早操來。」

「不，那是上場前的熱身運動。」Wiki 的冷知識猶如一盆冷水淋向青青。雖然這讓青青為自己的無知泛起了一股尷尬，同時卻又因為胡賢即將上場而感到有點雀躍。

熱完身的胡賢換上了22號球衣，來到了球場邊緣，神情緊張地等待上場。

「那些球衣號碼是有什麼意義嗎？」青青問。

「球衣號碼最初是用於識別球員，以及方便球證摘名用的，同時也和球員所踢的位置有關，例如10號是進攻中場，9號是前鋒，1號是龍門，不過現在已經變得比較隨意了。」Wiki答道。

「那22號是什麼位置呢？」

「大概就是後備的意思。」米八的答案又讓青青笑了好一會。

胡賢終於換上場了，只見他慢悠悠地在中場踱步，與其說他是在比賽，不如說是在散步。對手見他那懶散的神態，也放鬆了下來，不再將太多注意力放在他身上。

因此，胡賢獲得了空間。

隊友們見狀便將球傳給了胡賢，他接下球後，不緊不慢的四處張望，此時對手的其中一名防守球員已衝了過來，但胡賢卻仍然慢吞吞的，讓青青不禁緊張得狂冒冷汗，同時大聲喊道叫胡賢小心。

對方球員已來到胡賢身前，眼見皮球就快要被搶走時，胡賢竟用腳掌，將球向後一拉，輕巧地避開了對方，然後帶著球向前推進。但沒跑兩步，他又突然發力，一腳將球踢得遠遠。

青青本以為胡賢只是隨意亂踢一腳，沒想到球飛往的方向，竟有亦風在。

只見亦風用胸口將球控了下來，然後一腳抽射！

皮球應聲掛網。

1:1，校隊追回一球。

「真不敢相信……」青青瞪大了眼，下巴也快跌下來：「胡賢竟然真的懂踢足球？是碰巧的吧？」

「你不知道嗎？胡賢從小學開始就跟著亦風一起踢足球了。」米八答道。

「什麼!?他們竟然是青梅竹馬？這也太『尊』了！」Wiki 興奮地尖叫道，嚇得米八和青青都掩起耳朵。

「不必這麼大反應吧？」青青驚魂未定：「還有『尊』是什麼意思啊？」

米八見 Wiki 仍然自我興奮中，無暇理會青青，便代答道：「大概……是她們族群的用語吧？你自己 google 一下意思。」

青青點點頭，然後便將話題拉回去，道：「原來他們小學已經認識，難怪這麼熟。但你是怎麼知道的？」

「哼哼，你以為我是誰？」米八得意道。

青青看不過眼，撇撇嘴，然後才繼續問：「那為何胡賢要到現在才被拉入校隊呢？」

「你比我更了解原因吧？」米八露出狡猾的眼神。

「什麼啊？」青青歪頭思考，然後拍手道：「啊！我知道了，因為他要趕回家看『多啦』！」

米八囂張地單了單眼。

「等等，你怎麼知道我知道？」

「呵呵！」米八暗暗笑道：「記者可是有全知視角的。」

青青不禁懷疑起來，但正準備要思考時，就被突如其來的歡呼聲引開了注意，馬上望回球場，看看是發生了什麼事。

只見球再次傳了給胡賢，所以眾人才會發出歡呼，大家都期待他會再次施展那有如虹橋一般的長傳助攻。然而，對手們也在提防這一點，他們不再派人上前搶球，而是以人盯人方式守住胡賢的隊友，讓他無法傳球，其中王牌亦風更是受到二人包夾，無法脫身。

胡賢見狀，似乎有點不知所措，他先將球踢前一點點，然後抬頭觀察四周，隊友們仍然被嚴密防守著，無奈之下，他又將球踢前一點點，然後又再抬頭，沒有隊友，於是又再將球踢前一點點。如是者幾次之後，胡賢已來到禁區頂的位置，這時對手教練才如夢初醒，命令球員們馬上上搶。

但，已經太遲了。

胡賢已經拉弓起腳，不等對方球員迫近，球已經向球門飛去。

胡賢的射門，和青青所認知的很不一樣，射出的球所劃出的軌跡，並非單憑蠻力直撲向球門的直線，而是一道溫柔的拋物線，像怕擊中任何一個人般，從空中繞過，來到球門前方時，才緩緩下墜，並且在下墜的同時還向著球門的死角轉向，猶如一條內向怕事的蛇一般，避過了隊友、對方的後防以及對方的守門員，鑽入了網窩。

2:1。

終場哨聲亦隨之響起，校隊反敗為勝！

全場觀眾幾乎同時激動地站了起來，不住鼓掌，令看台發生陣陣震動。

胡賢的隊友們一同向他跑去，亦風更是一馬當先，如樹熊一般跳到胡賢身上緊緊地抱住他。青青發現 Wiki 在目睹這幕後，似乎激動得抽搐，甚至還流出了鼻血，但她覺得還是不理為妙。

球場上，胡賢不單被隊友圍了起來，還被拋向了空中。

「哼，不過是區區一個宅男。」青青掩不住嘴角那由衷為胡賢開心的笑意，卻還是要口硬地吐槽道：「竟做出了這麼像少年漫畫主角的事，真囂張！」

米八一邊拍著場上場下的狂歡，一邊說道：「說不定你再過一會也是一樣。」

「為什麼？」青青白了米八一眼：「以我的氣質，我看自己頂多只能做悲劇的女主角。」

「哈，別中二病發了。」米八也白了青青一眼：「我是在說小說比賽得獎後，你也會變成這樣。」

青青聯想了一下，不禁打了個冷震，既難受，卻又有一點點嚮往，對青春的嚮往。

她再望向場上被拋得此起彼落的胡賢，只見他開心的臉上，同時亦掛著一點不適應。

翌日。

青青下了小巴後，如常地走向校舍，卻發現校前堆了一堆人。青青經過那堆人群時，還特意多望了兩眼，發現他們都在用電話看著什麼。青青雖然八卦，但卻不擅長搭訕，所以也只是望了望就算了，然後繼續前進。

然而，甫登上一樓，青青便聽到樓下傳來一陣歡呼聲，她馬上趴到窗邊一看究竟。

只見校門前的人群在對著遠方一個人影歡呼，那是一個瘦小，走路一拐一拐，手上還提著外賣早餐的傢伙。

「那傢伙就是昨天讓校隊反敗為勝的秘密武器嗎？好矮小啊！」青青這才發現身邊也擠滿了看熱鬧的人，他們指著胡賢說道。

「你昨天沒看轉播嗎？那傢伙雖然矮，卻有股霸氣，令對手都不敢輕易接近！」

「原來學校的賽事都有轉播的嗎？」

「是我們學校新聞社開的 live 啊。」

「還有精華啊，你看看。」

當那男生點開昨天的精華片段後，又引來了更多的人過來圍觀，但幸好機警的青青已經預料到會如此，所以早就先開溜了。

但在開溜前，她擔心地望了一眼胡賢，手上那碗屬於她的艇仔粥。回到班房，青青見班中人已經準備就緒，連胡賢的座位，以及坐在他旁邊的 Wiki 都被重重包圍，似乎在等胡賢，只要一踏入班房門口就準備一同起鬨。

「這班人到底有多喜歡起鬨啊……」青青一邊心想一邊放下書包：「唉，看來今天只能吃涼掉的早餐了。」青青心疼著那碗本應熱騰騰地享用的艇仔粥。

天台上。

米八也與往常不同，一臉陶醉地望著電話。

「怎麼了？有什麼有趣的事嗎？」青青問。

「你看。」米八用軟綿綿的幸福聲調説著，同時向青青遞上了電話。

青青一望，只見是昨日比賽的片段，狐疑地説：「給我看幹什麼？我昨天在場啊。」

「你看看點讚和分享數？」

「一千？」青青驚訝地道：「那不是比學生人數還多了嗎？」

「畢竟是網絡呢……」米八幸福的表情突然融化成哭臉：「我努力了這麼久，終於有成果了！這個本身只有三、四個 followers 的專頁終於出頭了！」

青青對於這麼感性的米八實在有點不慣，但又為她的努力終於有成果感到開心，想拍拍米八的頭安慰她，卻發現即使伸盡手腳，也觸不到米八的頭，便放棄了。米八將這一切都看在眼內，甜甜地一笑後，便彎下身來，一把抱住青青，讓她能好好地摸摸自己的頭。

「辛苦你了，還有，恭喜你。」青青道。

「謝謝！真沒想到轉播校隊比賽竟會這麼受歡迎，我還以為要靠酸酸甜甜的緋聞才能成功……不過也是多得胡賢和 Wiki 呢！」

青青雖然對酸酸甜甜的緋聞有點在意，但更在意的還是：「Wiki？為什麼與她有關？」

米八眼神突然冷了下來：「你還沒 follow 我的 Page，對不對？」

「呃！呃、呃……」

「哼，如果你有 follow 的話，你就應該知道無論 live 還是精華，Wiki 的旁述都很有存在感。」米八說：「而且你剛才在班房裡，沒看到她被同學圍住嗎？」

「啊……因為她就坐胡賢旁邊，我以為那些人都是在埋伏他呢……」

「說起來他還沒來呢，恐怕又被纏住了，看來你的早餐很不樂觀啊!?」

「想不到連冷粥也沒得吃，嗚……」

「真可憐呢。」

「同情我的話，請給我食物。」青青緊緊盯著米八口袋裡的紅豆麵包。

米八無奈地笑了笑，然後又將麵包分成兩半。

「幸好還有你。」青青接過半個麵包後，露出了不亞於米八的幸福表情。

各自享用完半份早餐後，二人便一同回課室，果然見到預料中的景象，胡賢仍被團團圍住。

只是，青青和米八都沒想到，圍得最近的竟然是「是非少女團」，而且她們不單圍，還動了手，有的搭住胡賢的肩，有的勾住他的手臂，更讓人沒想到的，是這之中，竟然包括了卡樂B，雖然她沒有如跟班A、B般動手，但也貼得相當接近，而且不知為何，那望著胡賢的雙眼，竟不斷流露出敬佩的光芒。至於「是非少女團」團長雪揚，則趁機與亦風聊得火熱。

非常不適應的胡賢，見到青青和米八後，便馬上向她們投出求救的眼神。

青青卻生氣地哼了一聲，擺出一副「你可以趁機建立後宮啦」的厭惡表情，然後扁著嘴，望向胡賢桌上，那未能如期送上而冷掉的艇仔粥，不禁黯然神傷。

Chapter 13

人際相對論

在沒為意的時候，每個上學的早晨，幾乎都是同一個樣，當察覺那天有異時，不是心態有變，就是生態有變。

這天，在旁人眼中看似無什麼特別的平凡早晨，青青提著一早放在自己桌上的早餐，獨自來到天台。

「日常，真是一種脆弱的東西呢……」青青對著空蕩蕩的天台，喃喃自語道。

青青靠著牆邊，靜靜地吃著胡賢提早買下的早餐，吃完了，才發現根本沒嚐出味道來。她一直以為，胡賢也是個貪吃之人，所以才總能買到好吃又滋味的早餐。

「原來好吃的不是早餐，而是氣氛……」青青將頭挨到牆上。

自從那天開始，胡賢正式加入了足球隊，所以也要跟隨球隊一同晨練，比往常早了一個小時出門。而米八也因為那次直播的成功，開始擅自當起校隊的跟隊記者，每次訓練及比賽都能見到她的身影。

雖然胡賢還是會每日都買好早餐並放在青青桌上，米八也會在天台放上紅豆麵包，但三人卻已沒法再一起開早餐會了。

早餐會，已餘下她一人。

兩份足料的早餐，卻遠比不過分甘同味的半個紅豆麵包。

青青吃完後，再坐了會，然後就站了起來，環顧了天台一下。

「我還以為自己是喜歡天台的環境……」青青按捺不住心中翻騰的愁緒，只好轉身離開。

甫踏出天台，青青便深吸了一口氣，然後以雙手重重地拍了拍自己的臉蛋：「他們兩個都在努力，我也要好好加油才行了！」青青提起精神，並鼓動著紅腫的雙頰說道：「就讓我一鼓作氣把小說寫出來吧！」說罷，青青便利用上課前的一點點時間，趕去圖書館，開始埋頭寫稿。

青青為了訣別這段慵懶又舒適的過去，便和胡賢說好，不用再買早餐，只要退回錢就好。

可是，翌日。

不知是因為胡賢不捨得把錢退回，還是已成了習慣，他還是慣性地在青青桌上放上了早餐，就像是在供奉什麼一樣。

而青青也確實是有點捨不得，這比送餐熊貓更方便的，可隨意任點的早餐。所以她也慣性地帶著早餐走上天台，準備再一次訣別慵懶又舒適的過去：「吃完這份早餐後，就真的要灑脱地告別這日常了！」

沒想到，天台的門一打開，竟看到一個人影，卻既不是胡賢，亦不是米八。

那人身型窈窕，長髮飄飄，身上纏著一股幽冷的寒氣，踏著自信得近乎囂張的步韻，在聽到青青推門的聲音後，馬上甩著如絲烏髮回頭察看。

清晨、校園、天台、美少女，這猶如動畫場景般的組合，卻讓青青感到相當不安。

「終於找到你們的藏身地點了。」雪揚得意地叉著腰，卻遲遲不見青青身後的其他人，於是便問道：「嗯？只有你一人？」

青青沒有急著回答，而是和這個闖入她平靜之境的外人四目交投。

二人對峙之際，空氣彷彿都靜止了下來，讓人無法察知時間是否還在流動。相對論中的「引力時間膨脹」——即是重力導致時空扭曲愈大，時間就愈慢的現象——或許不單存在於時空與重力的交纏之中，還能透過兩個明明同一個班級，又互相熟知對方，卻從未單對單面對面過的兩個女生間的氣氛中得到論證。

不知過了多久，青青才從那尷尬及敵意引發的時空扭曲中逃逸，然後馬上掛起往常那副對外人專用的乖乖牌笑臉。

雪揚亦馬上回敬了一個燦爛的美少女假笑。

一場虛偽戰爭就此開打。

「對啊，只有我一個人。」青青故作平和地答道：「你為什麼覺得會有其他人呢？」

「因為，我聽到傳聞，說你和胡賢在這裡幽會。」雪揚試探地笑問。

「你、你聽誰說的啊！」青青卻已經慌了。

雪揚見青青反應如此大，確信答案與自己透過收集情報後所作的推理很接近，於是繼續追擊：「我還聽說你撒嬌要人家一直替你買早餐，呵呵。以為自己是公主，要別人服侍你麼？」

「喔，那些早餐是我付錢買的。」青青卻冷靜地擋住了追擊。

「什麼？」雪揚被青青那無法預料的反應打亂了攻擊節奏，轉而深吸一口氣，然後沉聲道：「算了吧，我實在是不擅長玩這種單單打打的遊戲。」

「那我也不客氣直接問了，你找我有什麼事？」青青問道。

「因為我喜歡亦風。」雪揚凜然說道。

「嗚嘰？」這回答乾脆直接得讓青青不禁發出了一陣有如猴叫般的怪聲。

但雪揚卻不予理會，繼續凜然帥氣地說道：「因為我喜歡他，所以我想知道他所喜歡的，是怎樣的人。」

「他、他只是喜歡我的小說，所以約我看了場電影而已，又不是喜歡我，找我也沒用啦！」青青慌亂地甩手說道。

「你還要裝傻嗎？」雪揚瞇起眼瞪著青青。

青青垂下頭，緊抿著唇，心中一邊怪罪亦風，一邊盤算該如何逃離現場。

「如果你真的是個如外表一樣的乖乖女路人，那我也就算了，但原來只是個戴著假面具的傢伙！」雪揚似乎不打算放過青青。

「你何嘗不是？」青青卻突然冷冷地道。

「我？我何嘗不是什麼了？」雪揚焦躁地問。

「你何嘗不是戴著假面具。」青青一頭熱地說出了這句連她自己都不知有何根據的話後，馬上就後悔了，生怕對方又會盛氣凌人地說出什麼難聽的話。

沒想到，雪揚只是瞪大了眼，半句話都哼不出來。

然後，一聲遲來的上課鈴聲，打斷了這一場虛偽戰爭。同時，也讓青青下定決心，告別天台，告別早餐會。

告別了早餐會後的青青，還是每天收到胡賢的早餐，但她已不會再帶上天台，而是直接在課室匆匆吃掉，就帶上文具和原稿紙，窩在圖書館裡趕稿。

但即使每日都埋頭書寫，卻始終寫不出滿意的東西，除了因為缺乏靈感之外，還因為孤獨的感覺無時無刻都在纏繞著青青。

「明明之前兩年都是這麼一個人過的，現在不過是回復了平常而已，為何我會這麼……」青青放下了筆，望向窗外綠油油的景色，心中卻仍是一片灰濛。

「是因為那段時間真的……過得很開心嗎？」青青透過窗的倒映，才發現自己嘴角竟不自覺地揚起了。她趕緊收斂了傻笑，然後望向繁花盛放的山林，只覺心情更加低落，低落得脊椎都無法支撐著軀體，於是她趴在桌上，望向身旁的位置，那曾經坐著一個煩人傢伙的座位，現在卻是空蕩蕩的。

這，就是青青的新日常。

青青沒日沒夜地埋頭寫小說。

胡賢則忙於校隊的操練。

至於米八，則一心認定體育新聞是她作為記者的出路，所以比胡賢都還要投入於校隊之中。

而Wiki，在米八威逼利誘下多做了幾次評述後，開始漸漸投入了。

卡樂B亦已經完全融入了「是非少女團」，對胡賢也變得愈來愈積極，經常在他練習時段勤地送水遞毛巾，而且在雪揚的指導下，愈來愈懂得打扮，只是青青仍未搞懂，為何她會看上胡賢。

還有亦風，雖然由於學界足球比賽賽季即將開鑼，他亦和胡賢一樣忙於練習，卻不知為何，身為王牌卻比胡賢還空閒一些，會偶爾找上青青，關心她小說的進度。

「怎樣？有靈感了嗎？」亦風坐到胡賢的座位上向青青搭訕。

「還沒有呢……」青青趴在桌上，無力地答道：「或許，真的要試試裸跑呢……」

「什麼！」亦風嚇得跌坐在地：「為什麼要裸跑？你和人輸賭賭輸了嗎？」

看到亦風跌倒，青青才回過神來，首先紅著臉慌張地道：「你、你別那麼大聲啦！」然後才接著解釋：「不、不是那種裸跑啦，只是胡……不，只是有人說過，創作就像是裸跑一樣，要掏出心中所有不見得人的東西給別人看。」

「啊，原來是這樣……」亦風拍了拍胸口定了定驚，然後才重新坐好：「嚇壞我了，以為你被捲入什麼騙案。」

不知為何，青青聽到後卻眼泛淚光。

「你、你怎麼了？」

「沒什麼，只是這感覺……有點久違……」青青拭去淚痕，又笑了笑。

「真的沒事嗎？」

青青放大了笑容，並用力地點了點頭。

「那就好了。」這才讓亦風鬆了口氣，然後開始說起自己的事來：「說起來，今年我們校隊實力很強啊，尤其是胡賢加入了之後。不過他悠閒日子過得太久了，體能就像個退休老頭似的，所以我們的教練老鄧天天抓住他做地獄式訓練，就為了讓他能盡快跟上比賽的節奏。」

「是因為這樣，所以總是不見他嗎？」

「怎麼了，你想他了嗎？」

「才、才不是，只是有點好奇而已！」

「真的嗎？」亦風露出疑惑的眼神，但沒有深究，而是繼續自己的話題：「不過呢，如果胡賢真的能跟上我們的節奏的話，那我們就有角逐冠軍的實力了。」

「嗯哼。」青青已經開始對這個話題失去耐性。

亦風卻似乎毫不察覺，反倒自顧自地紅起了臉，然後突然深吸了一口氣，接著便搭起了青青的雙肩，兩眼抖動而又用力地凝視著她，並緩緩地張開那打顫的嘴巴，說道：「我們……能約定嗎？」

「約定？什麼約定？」青青不自在地問。

「等我帶領球隊奪冠，以及你贏得小說比賽後，我們再一起去看電影。」

「不過是看電影，用不著約定吧？我可沒信心能贏啊……」

「要約定，因為……」亦風深深地深呼吸後，才凜然說道：「到時我有些心底話要和你說！」

青青自然明白這代表什麼，所以她想裝傻蒙混過去，但一時間又想不到什麼對白可以敷衍過去，便隨口說了句：「呃……這算是在立FLAG嗎？」

「呃……」亦風沒想到自己的約定竟換來這麼一個回答，更要命的，是這令他也擔心了起來，自己是不是做了些不可挽回的事。

雖然和亦風的對話以一陣尷尬的沉默告終，青青卻不是毫無得著，首先她終於得知為何胡賢會忙得只在上課時才出現，甚至有時候課都上了好一會，他才拖著沉重的步伐與抽筋的小腿回到課室。

既然他已經落入了地獄，那就不為難他了。

雖然，青青很想找他聊一聊。

聊一聊如何克服創作上的瓶頸。

「裸跑嗎？」青青趴在圖書館的桌上，再度在心中問自己這個問了千百遍卻得不到解答的問題，但這一次，青青卻莫名其妙地有了答案：「裸跑吧。」

青青終於下定決心，要將自己的一切，生活、經驗、喜好、想法……全都貫注在這一篇小說上。

一不小心
我的青春
風起雲湧

Chapter 14
「裸跑」的後果

下定了決心後，青青的手就像掙脫了枷鎖的野獸一般，在原稿紙的草原上飛馳疾走，最後，在比賽截止前一天完成了。

這是一篇盛載了青青一切的小説，是她毫不掩飾自我的第一部作品。

「呼，終於完成任務了！」將小説交給了阿陳後，青青感覺腳步都輕鬆多了，她踏著小跳步離開圖書館，卻突然發現人生似乎沒有了方向，她抬頭望向天空，心道：「啊，那接下來該做什麼好？」

青青趴在欄邊，瞪著天空，足足發了五分鐘呆，然後才覺得一直維持抬頭的動作太過累人，便垂下頭來望向操場，卻意外地發現一個熟悉的身影。

是胡賢，他正在教練老鄧的督促下，在操場上跑著圈。

「原來他就在操場特訓啊？我怎麼一直都沒有發現？」青青突然奸笑起來：「好，就等我去取笑一下他！」

來到操場後，青青才發現不單胡賢，連米八、Wiki和卡樂B都在。

青青有些不爽地來到她們面前，質問三人：「你們在幹什麼？」

三人這才疲累地從手上的書海中浮出來，望了望青青，米八才先開口道：「啊，你出關啦？」

「什麼出關啊？」

「你這陣子不是都在閉關寫小說嗎？」Wiki說。

「見你這麼專心，又不找我們，所以都不好意思去打擾你了。」卡樂B說。

青青想了想，她這段時間的行為的確很像閉關，讓本想質問三人為何疏遠自己的她心虛了起來，心道：「這麼說來……莫非是我自顧自地告別早餐會，然後再躲起來搞自閉嗎？」

「不過你也很久沒和我們一起吃飯了。」Wiki轉對卡樂B說。

「呃、呃……那、那是因為……」卡樂B慌張起來。

「不用解釋了，我們都知道你跟『是非少女團』混熟了。」米八望了望青青，露出不懷好意的笑容，才再繼續對卡樂B道：「只是沒想到你竟然還看上了胡賢。」

「那、那種看上去很陰沉內向的傢伙，結果卻是某方面的高手，那不是很帥嗎？」卡樂B紅著臉反擊道：「而且你才沒資格說我啊，你可是早就沒再和我們一起吃飯了！」

「好啦好啦，難得我們四個飯友再聚在一起，就不要吵架了。」青青雖然不喜歡米八剛才的壞笑，但還是來勸架了：「說起來，你們在看什麼書啊？」

Wiki合起那本書，然後高舉起來，只見封面寫著「足球入門」四字，Wiki隨即讚嘆道：「真想不到，足球居然如此複雜。」

「足球有那麼有趣嗎？」青青不解：「竟能讓你們三人一同看這種沉悶的書。」

「一點也不。」米八冷道：「我到現在還理解不了足球的魅力，可是上次的轉播，卻讓我看到我那新聞page的方向，所以即使再沉悶，我也要搞懂！」

「說得那麼動聽，還不是要靠我。」Wiki托了托眼鏡。

「Wiki老師說得沒錯！」米八馬上抱著Wiki阿諛奉承：「都是多得Wiki老師的旁述，才會讓我的page蒸蒸日上！」

「你們的關係什麼時候開始變得這麼扭曲的啊……」青青雞皮騾起，然後回頭望向卡樂B，尷尬地問道：「那、那你……也對足球生出了興趣嗎？」

「不，我感興趣的，不是足球，而是他。」卡樂B向青青展示手上的毛巾和水樽。

卡樂B那不尋常的氣場，讓青青感覺到一絲敵意，而她也馬上聯想到原因，於是攤開雙手，放低姿態，問道：「你、你是不是從李雪揚那……聽到了什麼啊？那都是謠言，雖然不知道你為什麼會看上他，但我、我會支持你的！」

「真的嗎？」卡樂B輕易就信了，並馬上就卸下敵意。

此時，因為教練老鄧尿急，所以胡賢幸運地得到了小休時間，只見他疲憊地挨著牆，緩緩地受到引力的牽扯而坐到地上，那副脫力的姿態就像風中殘燭一般。

卡樂B見狀馬上衝了上去，先是遞上水，讓胡賢貪婪地大口大口喝著，她則拿出毛巾，細心地為胡賢拭汗。

見到這樣的情景，青青感到心裡不是味兒，卻別不開視線。

青青的視線引起了胡賢的注意，他發現了青青後，馬上笑著揮手，但不知為何生起了悶氣的青青卻故意裝作沒有發現，埋首到她完全不感興趣的《足球入門》之中。

雖然遲鈍的 Wiki 沒有察覺，但米八卻已將這一幕看在眼內。

卡樂B也同樣看在眼內。

同時，她也看到青青不理胡賢後，胡賢那落寞的神情。

青青出關後，雖然早餐會仍未復活，但飯友們卻意外地因為足球，或者該說，是因為胡賢而再次聚在了一起。

縱使青青的初衷是為了看胡賢笑話。

縱使青青和卡樂B的相處仍然有些尷尬。

縱使天天見面，青青和胡賢還是沒什麼交流。

但青青卻感覺那曾經失去的日常，似乎終於回來了。

「我都不知道，原來有個小圈子可以呆，是這麼舒暢的事。」青青心中自語道。

她正坐在米八她們身旁，百無聊賴地擺蕩因腿短而踩不著地的雙腳，因為她雖然想和她們呆在一起，卻完全沒打算去研究足球那鬼玩意，亦不像卡樂B般，需要時刻關注胡賢的狀態，好方便及時斟茶遞水，她只期待胡賢偶爾仆倒，讓她好好樂一會。

青青一邊蕩著腿，一邊左顧右盼，視線不自覺地望向了繁花怒放、蜂蝶漫舞的山林，不禁微笑了起來，並心想：「我這樣的青春，其實也不錯嘛？」

卻沒想到，青青的寫意心境，竟被阿陳打破了，只見他從遠處奔來，慌張地大叫著「林青青！出事啦，出事啦！」

「怎、怎麼了？」

「你的作品……被取消資格了！」

青青心中突然空了一個缺口，卻也只是覺得有點遺憾，又不至於世界末日。

青青是這樣安慰著自己的，但還是有一點無法忽視的難受，如絲如線般纏繞著她的情緒，而且愈勒愈緊，似是要束縛並馴服青青。

那是一種被否定、被拒絕的感覺。

「那……也不要緊，可能是我寫得太過火了吧？」青青只能低頭，並開始壓抑著自己：

「都怪我一心想著要裸跑，也沒想起這只不過是學生比賽……」

「什麼！你還要裸跑？」阿陳卻不解風情地想歪了。

「不是那種裸跑啦，是指創作上要……掏心掏肺的那種……」

「啊……先別管那些什麼形而上形而下的裸跑了，這事可不單單是取消資格那麼簡單，校長和訓導看過你那被退回的作品後……」

阿陳話都還未說完，校內的廣播就已響起：「3年A班林青青同學，立即到校長室！」

「啊，似乎他們已經看完了……」阿陳拍了拍一臉恐慌的青青，就像是將責任都卸回青青身上一般。

此時，飯友三人及胡賢都擔心地聚了過來，但面對未知，他們都不知能說什麼，能做什麼。

卻沒想到，原來廣播還未完結：「陳為富老師，亦請馬上到校長室！」

面對恐懼時，有伴總比孤獨好，這讓青青本來慌張的情緒也緩和了下來，並反過來拍了拍阿陳的後背，然後露出一抹狡黠的笑容，並在向其餘四人揮了揮手後，就向著校長室這個刑場出發了。阿陳亦只好無力地跟在後邊。

校長室。

經過秘書桌後，二人走入校長室。甫進房門，只見校長一臉平靜地和坐在身旁的訓導主任閒聊，這讓青青的心情稍稍放鬆了下來。

校長和訓導主任開了個不好笑的大叔冷笑話，並好好地笑過後，才施施然轉頭來，望向青青，打量了全身之後問道：「你是誰？」

「呃……我、我是3A班的林青青，剛才聽到廣播，所以……」青青緊張得愈說愈小聲。

「啊？竟然是個這麼乖巧的學生，還以為是問題學生才會寫出問題文章。」校長驚嘆地道，他身旁的訓導主任聽到後不禁皺了皺眉，然後生硬地咳了一聲，以向校長發出訊號，校長會意後也咳了兩咳，卻是為了清理喉嚨，接著便馬上換了一副暴怒的表情，拍著枱罵道：「豈有此理！你知不知道自己幹了什麼好事！」

青青被嚇得向後退了幾步。

「你這小丫頭，看上去明明挺乖巧的，怎麼竟然寫出這樣的文章！」訓導主任接力，用上他的看家本領獅吼功大聲喝斥道。

從未被老師罵過的青青本已在後退，加上被訓導主任一喝，雙腿就乏力了，讓她幾乎向後摔倒，幸好在青青身後慢吞吞地走著的阿陳剛好來到，及時扶住了她，並稍稍用力地拍了拍青青的肩，以平復其恐懼，同時代她答道：「那不是文章，是小説。」

「有什麼分別？」校長不屑地説道，讓阿陳無奈地嘆了口氣，而訓導主任見狀則轉過來喝罵他：「還有你，來得又遲還敢頂嘴，而且這小丫頭之所以會鬧出這麼嚴重的問題，説到底還是你把關不力，你都不審查一下的嗎！」

「呃，因為是截止日期前一天……」阿陳垂頭答道。

青青以為阿陳想推卸責任，但再想想，只有一天，來不及看也很合理，倒是要怪她自己太遲交。

沒想到，阿陳卻繼續説道：「不，雖然趕，但我還是看完了，青青的小説雖然是過火了，但作為文學創作，我認為沒有問題。」

「怎會沒有問題？你是卡通看多了變傻了嗎？」訓導主任的聲線高得遊離在走音的邊緣：「我早就看不過眼你在辦公室中放滿那些卡通公仔和利用學校資金買入那些不堪入目的書了，像你這種長不大的傢伙，真有資格為人師表嗎？想想都可悲！」

阿陳緊緊地握著雙拳，卻在六下深呼吸後又放鬆了，同時他亦放下了與訓導主任爭辯卡通與動畫之別的衝動，昂著首挺著腰，正色地道：「小説是文學，是一種用文字去反映、剖析及解構現實的藝術，青青她的小説所反映的，不是由慾望所塑造的扭曲妄想，而是潛藏在人性深深處的黑暗，是她們這個年齡的人所不敢觸碰，卻真切地存在的現實，這，不正正就是小説、就是文學的價值嗎？」

校長、訓導和青青都被阿陳這番與其一貫形象毫不相符的慷慨陳詞所震懾，但校長和訓導主任畢竟是經歷過職場撕殺才登上現在這高位的大人物，不一會已經從震懾中走了出來，校長更是裝模作樣地將手交疊放在唇上，遮住了下半張臉，以凝結出一種嚴肅而莊重的威嚴氣場，並用冰冷的語氣徐徐說道：「但這位林青青同學，畢竟只是學生，而不是什麼文學家；她所參加的比賽，亦只是學界的比賽，先不論她的文章是不是真的有文學藝術價值，在這樣的比賽上追求那些東西，你是怎麼想的？你可是老師，你要顧的就只是學生們的成績及操行，其他的東西都不是你的職責，知不知道！」

訓導主任見形勢重回自己一方，趕緊拿起桌上擺著的一疊原稿紙，那是青青的參賽作品，只見最前方的參賽表格上，用印章蓋了如血般腥紅的四個字：「取消資格」。

「而且在講什麼鬼文學價值之前，你有沒有先看看這篇鬼東西？名字還叫什麼《剖肝瀝膽》，裡面真的竟然就在寫如何剖肝和瀝膽，這內容除了殘暴、血腥、肢解及色情外，還有什麼？等會那些評審不都得以為我們學校是什麼變態殺手出產地，真是失禮同行、失禮家長，把校長、把我、把學校的顏面都丟光了！」訓導主任將原稿紙摔向地下，散成一朵緩緩枯落的紙花。

「這、這就是一種真實存在的人性黑暗的反映……」阿陳道。

「你認為一個中三學生，真的能真實體會並反映這些情節嗎？而且，中學生們有必要看到這些連大人都承受不了的黑暗嗎？」校長道：「你這樣只是為本校徒添不良印象，那些評審們可有不少在教育界德高望重的大人物，本校的聲譽都被你們敗光了！」

「校、校長，既然你也知道青青只是個中三學生……」阿陳深吸一口氣，決定鋌而走險，說道：「你為什麼不想想，一個中三學生寫出這樣的內容，說不定是有什麼內情，例如經歷過什麼悲慘的童年，或是家庭遭逢了什麼不幸，甚至是她最近發生了些什麼事……我們作為教育者，不是應該要先關心學生的嗎？」

「你、你也有道理……」校長想到了比在學界比賽中出醜更糟糕的可能性，例如倫常慘案之類會轟動社會的新聞，所以馬上怯了，馬上轉過去關心地問青青：「那、那……林青青同學，你之所以會寫出這樣的內容，是、是、是……是因為家中發生了什麼嗎？」

阿陳見狀，馬上向青青瘋狂打眼色。但青青打從進校長室開始，腦袋就已經緊張得空空如也，畢竟這是她十二年學生生涯中，第一次見校長，所以她除了緊張、慌亂和恐懼，就什麼都不會了，因此即使她望到阿陳那瘋亂的眼色，還是什麼都接收不了，只能傻傻的直白地答道：「沒、沒有發生事……」

「那這文章的內容是怎麼一回事？」訓導主任追問。

阿陳本想代答，卻被校長制止了，青青只能繼續自辯：「就、就……只是寫出一些我感興趣的東西……」

「所以，這些殘忍、血腥的東西，就只是你自己的愛好，並不是親身經歷過什麼吧？」

青青僵硬地點了點頭。

校長鬆了一口氣，然後重拾憤怒和架子，再次放罵，縱使內容還是那些什麼影響校風、評價、老師沒有老師樣、學生沒有學生樣、敗壞風紀、品味惡劣等等俗套的話，如果是在其他地方，由其他人說出口的話，或許青青也只會不屑地笑一笑，但在這個學校中權力最大的人面前、在校長室這個學校的御書房裡時，校長的每一句，都像是刑杖一般，仗責著青青的尊嚴和精神。

但青青忍住了，她咬著唇挺過了校長的處刑。

然後，就到訓導主任接力，他的話語比校長的還要惡毒，因為校長還需要保持自己的氣派，所以罵的都只是在校規、道德及風紀的範圍內，但訓導主任不必，所以他罵的幾乎全是人身攻擊，從青青的作品，到她的喜好、外表乃至訓導主任自己憑空想出來的一些青青未來會犯下的惡行，全都潑罵出來，就只差沒罵髒話。

但青青還是忍住了，雖然渾身顫抖，雙腿發軟，嘴唇的皮也咬破，她還是忍住了。

校長和訓導主任罵青青罵爽後，就轉過去罵阿陳，由於青青已經承受了太多，所以當二人不再以她為目標時，她的腦袋就像被掏空了一般，發不出半分言語，也刻不下任何記憶，所以對於那二人如何責罵阿陳，她幾乎毫無印象。

當青青的腦袋終於再度運作時，校長已經罵到尾聲，正好說到要解除阿陳的中文科及圖書館主任職務並扣人工，她還來不及驚訝，校長已轉過頭來，煞有介事地向青青宣讀判詞：「至於林青青同學，有鑑於你這篇文章對本校校譽帶來了極其惡劣的影響，再加上你沾染了那種腥羶惡俗的低劣愛好，罰你停學三天靜思己過。不過，學校終究還是一個栽培學子，教育你們修身潔行的地方，如果同學你實在是無法自行戒除惡習，就去找我們的駐校社工，她會幫你的。」

「停……學？」青青的腦袋馬上又陷入了一片空白，這個詞語她聽說過，亦理解字面上的意思，但從未遇過有人被停學過，青青實在沒想到，她人生中遇到的第一個被罰停學的人，竟然就是她自己。

「好了，你們可以走了。」校長說完自己想說的話後，就甩了甩手，像驅趕小狗一般示意青青和阿陳離開。

阿陳拍了拍青青的肩膊，她才回過神來，跟著一同走出校長室。鮮活的夏風撲面而來，炎熱而清新，卻吹不走青青心中的陰霾。

「停學……到底是什麼東西……」青青將失焦的雙眼移向阿陳所在的位置，無力地問道。

「你就當是放個假吧。」阿陳見到青青那悽慘的模樣，便想開個玩笑讓她打起精神，於是沒頭沒腦地說道：「說起來，你不是寫犯罪小說的嗎，怎麼連謊都不會撒？」

青青這才想到，剛剛阿陳在校長室向她瘋狂打眼色的用意是什麼，自然變得更加失落，垂首道歉：「對、對不起，連累你了……」

青青本以為自己是個承受能力很強的人，所以才能在那煉獄一般的校長室中，仍能強忍，卻沒想到，才剛放出來沒多久，她就哭出來了，淚水竭止不住，傾瀉而出。

阿陳罕有地露出了溫柔的表情，揉了揉青青的頭髮，笑著說道：「傻妹，當初不是我拉你入局的嗎？而且我仍然覺得你沒錯，是他們那太冥頑不靈而已。」

「可是你還被革職了……」

「噓！我早就不想負這重擔了，什麼鬼三重主任，卻還是只有一份薪水，簡直就是壓榨，現在只餘下班主任一責，簡直是解脫！」

「但班主任並不算是真正的主任吧？我聽說普通教師的人工不是要比主任少好幾萬嗎？」

「你、你怎麼知道這些事的？」阿陳忍不住失落了起來：「而、而且這些太過現實的事就先別談了，讓我多帥氣一會吧……至於之前說好的那頓飯，等你有心情時再請你吃吧。」

「什麼飯？」

「當時不是說了，交稿請一頓小的，得獎請一頓大的，你畢竟交了稿。」

「啊，行賄嗎？」

「都說了是鼓舞！」

「……我都不記得有這事了。」

「呵，我可是老師，一言既出，駟馬難追！」

青青終於破涕為笑，拭去了淚水。

當二人遠去後，校長室另一邊的陰影處，竟冒出了一個鬼鬼祟祟的人影。

「呵呵，我全都聽到了，這就可以替雪揚除去這礙眼的傢伙！」

青春綻放的不只有花

被罰停學後的第一個晚上。

由於電話不斷發出收到訊息的音效，青青便索性將之關掉，好讓耳根清靜。

但即使靜了下來，青青還是無法合上眼，她乾瞪著天花板，思索著校長室裡發生的事。

「真的是我錯了嗎？」青青舉高右手，在昏暗的房間中只能隱約地看出五指的輪廓：「不……其實我早就知道自己的愛好不見得人，起碼是在這個年紀時不見得人，所以才會一直隱瞞……」

青青時而趴著，時而縮成一團，心中的思緒卻比那輾轉反側的動作更加紊亂：「停學……明明已經開始了，我卻還搞不清楚是怎麼一回事，只不過是不用上學，這真的算是懲罰嗎？還是我看得不夠遠？這是不是會影響升學？甚至連找工作都會有問題？我的人生……是不是已經完蛋了？」

淚水開始失控地湧出，為了不想讓抽泣的聲音吵醒家人，青青將頭埋到被窩之中，被淚水沾濕的被子貼在皮膚上的感覺讓人很不舒服，但卻比不過那連累他人以及讓別人失望的內疚感：「雖然阿陳裝作豁達……但畢竟是減薪降職，可是比停學更嚴重啊……還有米八、Wiki、亦風……還有胡賢，他們都在期待我的小說、期待我獲獎，可是我……唉，停完課後，該如何面對他們啊？還有那班八卦得要命的同班同學……」

「我為什麼要裸跑啊……像之前那樣，寫篇模棱兩可的故事不就好了嗎？」

「說到底，我為什麼要參加這種比賽啊？」

「我又為什麼要寫小說……」

青青一直在胡思亂想，直到天快亮的時候，她才失去知覺，卻又馬上被忘了關的上學鬧鐘吵醒。雖然幾乎通了個宵，但她還是爬了起床，叼著牙刷，坐在廳裡發呆，直到肚子咕咕叫後，才換上便服到樓下買早餐。

在胡賢開始買早餐供奉她之前，青青一般都是在街角的茶餐廳買麵包，但來到茶餐廳門口時，她比往常更清晰地看到裡面的退休老人們，喝著奶茶咬著多士，然後露出一副悠閒的神情，彷彿在嘲笑忙於上學上班的途人。

青青對這班退休老人一直都看不過眼，明明自己是迫於無奈要上學才會這麼早爬起來，而他們明明沒事幹，卻也起個一大早來吃著早餐，並將她們當戲看。但，難得這天不必上學，她竟冒出了個念頭，她也想當一回退休老人，坐在茶餐廳，一邊休閒地吃早餐，一邊笑看這忙碌的世界。

於是，她膽粗粗地走入這間她從未獨自一人幫襯過的茶餐廳。

一個中三女學生，在上學時間獨自來到茶餐廳，這很不尋常，所以吸引了一眾退休老人的目光，但他們也僅僅是多望了幾眼，並沒說什麼。

青青選了一張空枱坐下，才剛拿起餐牌，想著該吃什麼好時，一個中年的女侍應就已拍馬趕到，將一杯泛著油花的水敲到桌上，然後催問：「吃什麼？快快快！」

其實青青早已想好吃什麼，畢竟麵包三文治這些胡賢已經買過不少，而且難得來到茶餐廳一趟，當然要吃上一碗香濃的沙嗲牛肉麵。

但面對侍應的咄咄逼人，青青卻嚇得失聲了，只能用顫抖的手指了指餐牌上的B餐。

「喝什麼？」

「呃……」由於餐牌沒有列出飲品，無法手指指的青青只好張嘴說道：「熱、熱奶茶，謝謝……」

侍應在青青說到「奶」字的時候就已經轉身了，手寫單亦幾乎同時被扔到桌上。

青青本以為可暫時鬆一口氣，卻沒想到，氣還沒喘完，奶茶就已端上來了，還瀉了一點到茶碟上，青青也不敢說什麼，只乖乖地加了兩茶匙糖，沙嗲牛肉麵也來了，沒待青青嚐上一口，連隨餐的煎蛋和多士也來了。茶餐廳那不講理的速度讓青青手忙腳亂，不知從何入手，吃著吃著，都沒閒暇去俯視窗外的凡人了。

這時，坐在青青不遠處的一個阿伯突然搭訕問道：「小丫頭，不用上學嗎？」

「不用，被停學了……」青青腦袋一空，隨口答了後才覺得不妥，卻沒想到那阿伯只是哈哈一笑，然後說：「沒想到你這小丫頭，看上去那麼乖巧，竟然也會被停學！」

青青垂下頭，手也停了下來。

阿伯見狀，便道：「哎呀，不過是停學而已，不必介懷喇！」

另一個看著報紙的大叔突然插嘴：「說得沒錯，不過是停學而已，當年我甚至還被退學了，現在還不是過得好好的。」

「我雖然沒被停過學，但上學時也經常被打被罵，缺點小過什麼的也沒少拿過。」那侍應突然拿了件新鮮出爐的蛋撻，然後放到青青面前。

「咦？我沒叫過蛋撻啊……」

「我請的，不喜歡就別吃。」說罷，那侍應便坐到收銀櫃裡玩手提電話了。

「老闆娘真是嘴硬心軟呢！」阿伯笑道。

「囉唆！」

大叔將報紙揭到下一頁，然後再次搭話：「學校啊，在人生中只佔很短很短的時光，即使在裡面遇到些不如意的事，也不必太在意，反正到你出來社會後，不如意的事可是還多著呢！像最初搭訕你的張伯，之前可是破過產的啊。」

「噓！說我的事幹什麼，你不也還是離過婚！」

「但都過去了。」大叔笑了笑，然後放下報紙，呷了口咖啡。

「這……不是該說些什麼正能量的話才對嗎？」青青顯然被破產和離婚這些超乎她想像的話題嚇倒了，所以脫口而出道。

可沒想到引來了鬨堂大笑，連一直板著臉的老闆娘也忍不住笑了起來，然後說道：「那些沒用的鬼東西留給你的老師們說吧！」

笑過之後，茶餐廳裡又開始了另一個話題。青青便乘機將自己的存在感隱藏起來，靜靜地繼續享用早餐。雖然麵涼了一些，也泡漲了一些，青青卻感覺更自在了一些，她終於有了能悠閒地喝奶茶的心情，於是拿起茶杯，抬起頭，望著街上一個又一個匆忙的途人，寫意地喝起茶來。

「沒想到，單單是隔著一層玻璃，再配上一杯奶茶，世界就像變了個樣一般。」青青笑了笑，再多呷了口奶茶。

停學第二天。

由於前一天通宵的關係，所以昨晚很早就睡，這天也就很早就起床了。

起床後的青青百無聊賴地坐在床上，又去吃早餐嗎？雖然沙嗲牛肉麵很好吃，茶餐廳的氣氛更比想像中好，但她卻很怕又再被當成話題，她實在很不習慣被別人圍攏著，所以還是算了。

而且畢竟是停學，也該要反省一下自己，於是她便開始重新讀自己的作品。

《剖肝瀝膽》，是一篇關於愛與肢解的故事，講述一個女人為了理解愛人的一切，所以進行了一次活體解剖。

「嗯？」青青疑惑了：「故事怎麼如此簡陋？好像連起承轉合都沒有……」

青青又再細看一遍，發現了更多更多的毛病，情節簡陋、角色扁平，甚至連情緒和張力都缺乏，似乎所有的心思都放在了肢解的描寫上。

「嗯？校長和訓導主任所說的色情，是色情在哪裡啊？」青青歪頭：「難道女主角赤裸地解剖在他們眼中就算是色情了嗎？搞不懂，她只是不想弄得渾身是血而已，畢竟是女孩子嘛。」

「而且啊……這篇東西即使沒違規，也稱不上是小說吧？」青青皺起眉：「要怎樣才能寫出一個吸引人的獵奇故事啊……」

青青的目光飄到電視上，然後馬上激烈地搖著雙手說道：「不不不，我可是要反省的，怎麼能再看那些東西呢？」

「但等等，我不就是在反省嗎？反省寫作上的缺失也是一種反省吧？」青青被自己說服了，於是畢恭畢敬地雙手捧起遙控器，打開電視，並轉到串流平台，打算重看那些精彩絕倫，情節鋪排相當值得參考的奇案紀錄片。

由於這場反思將會十分漫長，所以青青還特地泡了杯熱茶，一邊呷著茶，一邊隔著電視熒幕觀看那些令人心寒的獵奇案件，不知為何竟讓青青想起昨天在茶餐廳的情景。

有些一直在青青混沌的內心中醞釀的東西，突然變得稍稍清晰起來。

就這樣，青青在她自己所認為的反思中，度過了停學的三天。

重回校園的這天，青青卻由於忘了重開之前關上的電話，在沒有鬧鐘的情況下晚起了半小時。青青隨意地洗漱後，便馬上衝出門口。由於時間實在太匆忙，所以她只能忍痛訣別早餐，但在經過那間街角的茶餐廳時，她還是望了望裡面，並且一眼就望到破過產的張伯和離過婚的報紙大叔，但他們都沉醉在其他退休老人的話題之中，沒留意到青青的存在。

「小丫頭！不吃早餐嗎？」茶餐廳的老闆娘突然叫道，嚇了青青一跳。

「來不及喇！」青青稍稍放慢了腳步，一臉慌張地答道。

老闆娘笑了笑，然後擺了擺手，讓青青繼續趕路。

雖然耽誤了一會，但青青還是趕上了理論上能準時到校的最後一班車，當她鬆了口氣，爬上車，準備走向最後一排的單邊座時，卻發現那被青青私自認定是自己專座的位置，早已坐著一個男生，一個穿著她同校運動服的男生，只不過他們已不再陌生。

「這是我的專座，讓位。」青青不知為何生起悶氣來，招呼都不打就呼喝起胡賢來。

「嗯？嗯？嗯？」胡賢還沒搞清狀況，但見青青擺出「閃開」的手勢，已乖乖坐到旁邊二人座上。

青青坐上專座，一臉滿足地哼了一聲，然後才轉過頭來，望著胡賢，露出勝利者的奸笑：「終於物歸原主了！」

胡賢還是一頭霧水，然後莫名其妙地說了句：「很、很久不見了……」

「不是才三天嗎？」

「但之前一直都沒怎麼聊天。」

「也是呢。」青青問：「說起來，你怎麼現在才上學，不用特訓了嗎？」

「今天比賽，所以不用特訓，不過要先回學校集合。」

這時青青才察覺胡賢是穿著運動服，不知為何看上去竟有點帥氣，或許是那要命的特訓讓胡賢身型變壯了，皮膚變得黝黑了，臉龐也變得尖削了。

「怎麼瞪著我不說話？」

「沒、沒什麼，只是……很少見你穿成這樣。」

「直接穿運動服去就不用換衣服了嘛，我還不習慣在更衣室裡和一大堆男生坦誠相見呢……」

青青噗哧一聲笑了出來，雖然外表看上去有點不同，但胡賢畢竟還是胡賢。

「你呢，平時不是都會早一點來上學的嗎？難道是睡晚了？」胡賢問。

「呃……這幾天我都關了電話，所以鬧鐘也沒響……」

「這樣啊，關了電話也好……」胡賢欲言又止，然後換了個話題：「那這幾天，過得怎樣呢？」

「嗯？就像放了三天假。」

「是嗎？那就好，還以為你會很失落呢。」

「最初的確很不開心，但喝了杯奶茶，隔著玻璃看過凡人的匆忙後，感覺就平復了許多。」

這次，輪到胡賢一言不發地望著青青。

「怎、怎麼了？」青青問。

「沒、沒，只是覺得你的氣質有點不同了……」

青青不知為何臉紅了起來，胡賢見狀也跟著紅了起來，然後二人馬上垂下頭來，很有默契地一同沉默了。

過了好一會，胡賢突然深吸一口氣，然後翻起背囊，同時說道：「呃……對了，我有樣東西想……」

「啊，到站了，要準備跑了！」青青卻無意之中打斷了胡賢好不容易鼓起的勇氣，同時在車門剛打開之際就衝了下車，為了不遲到而拼命奔向校門。

雖然青青的步伐不快，特訓過後的胡賢要追上去也算是輕而易舉，但被打斷了的節奏很難重新揚起，所以他選擇慢慢地走回學校，同時欣賞一下青青那狼狽又好笑的跑姿。

青青雖然順利趕上，準時到校，卻隨之發現周遭的氣氛變得奇怪，似乎眾人都在望著她指指點點，不單是學生，連老師和校工們亦都如此。

這種情況很熟悉，她已經經歷過。

正如青青所料，她被學界小說比賽取消資格的消息已經傳了開去。但她認為這次應該不是阿陳做的，雖然他有前科，卻沒有動機。不過，這並不是她第一次面對這類情況了，再怎麼樣的流言蜚語，也不會比校長室的情況更可怕吧？

所以她落落大方地走進班房，卻沒想到，甫踏入班房門，就馬上迎來全班同學的異樣目光。

「來吧，起鬨吧，我還有什麼閒言閒語沒聽過呢。」青青心想。

只是，預想中的鬨遲遲未起，班房裡仍是一片寂靜，青青感到相當意外，於是放眼望去，只見同班同學們，都流露出恐懼的神情。

他們都被嚇怕了。

被青青的那篇小説嚇怕了。

青青這三年裡，雖然一直與同班同學維持著一種不冷不熱的關係，但無論是她自己，還是同學們，都將青青當成班中的一分子。即使今年發生了很多事，讓青青飽受了許多閒言閒語，但起碼班中的大家都只當是有趣的是非八卦，沒有排斥她。

只是，他們所接受的、當成是班中一分子的，是那個乖巧、親切、認真，又沒什麼存在感的青青。

青青感到自己與這個班級之間，生出了一道裂縫，一道深不見底的裂縫。

「呼……我終於看完那篇故事了，真可怕呢，竟然用那麼多篇幅去描寫那麼噁心的事！」

「就是啊，真想不到是那個林青青寫的，看來她平日都是在偽裝自己，她就是一個裝乖的潛在變態殺手！」

兩個不識趣的男同學在走廊上大聲聊著，待他們來到班房門口，才發現青青已經回校，青青望向他們，他們所展現的卻不是尷尬，而是恐懼，彷彿青青就真的是個變態殺手一樣。

他們先是一怔，然後馬上拔腿就跑。

青青感到很荒謬，她收回視線，不經意地掃到班中噤若寒蟬的眾人，竟嚇得他們全都後退了兩步。

青青想笑，卻不知為何眼眶竟濕了起來，她臉上仍然掛著往常那張平易近人的親切微笑，但她的內心已經接近崩潰。

「你們這是什麼意思？」亦風颯爽登場，他一手攀著班房的門口，一手叉著腰，敞開的運動服隨風飄揚，就像一個在最危急關頭挺身而出拯救公主的白馬王子，他瞪著眾人，眼光掃到青青身上時，馬上露出包在我身上的眼神，然後他便繼續說道：「你們根本不懂林青——」

沒等亦風說完自己的名字，青青就已經撞開了他，奪門而出。

亦風雖然像個白馬王子般登場，卻是一個不懂看氣氛的王子，而且青青也不是公主，所以她衝了出去，不想跟這個亂衝亂撞的王子扯上關係。

「青青！」亦風叫住了她。

青青回頭，說出那句她積在心中很久的話：「我啊……從頭到尾喜歡的都只是獵奇的犯罪懸疑，不是偵探推理。」

「那、那也不要緊……」亦風沒打算放棄，卻說出了最糟的一句：「你、你有寫推理小說的天分啊！」

青青先是一怔，然後倔強閉上眼，再張開時，便已變回那乖巧親切的虛假笑容。亦風看到這笑容後不禁僵住了，雪揚趁機走到亦風身旁想安撫他，卻被他一手甩開。

但這都與青青無關了，她轉身繼續跑。

她還能去哪裡？

圖書館？

「我還哪有面目去見阿陳……」

天台？

「早餐會早就解散了，去一個沒有人的地方有什麼用……」

最後來回掙扎過後，青青還是走上了天台。

「沒有人也好……」

卻沒想到，早已有人佔據了天台。

是米八、Wiki和卡樂B。

她們似乎在爭吵著什麼。

「你們……怎麼在這裡？」青青不知所措地問道。

「咦？你停完學了嗎？」米八驚訝。

「嗯。」青青點了點頭，然而小心翼翼地問：「你們……在吵架嗎？」

「吵架？」卡樂B答道：「不，我們是在商量……」

「商量如何為你報仇！」米八說。

「商量如何為你解困。」Wiki說。

二人同時說完，互瞪了一眼，讓本已困惑的青青更加一頭霧水。

「我已查到是誰將你的小說公開，雖然她開了一個假帳號來發布，但始終逃不過我的法眼！」米八得意地道。

「只是她蠢得即使開假帳，還是用生日日期作帳名而已。」Wiki補充道。

「什麼啊，我也有去跟校長的秘書確認，青青那天從校長室出來後，校長和訓導主任也跟著離開，並在校長室門口隨意抓了個路過的學生，幫他們收拾你那被摔滿地的小說原稿紙，而那路過的學生，就是張春梅！」米八激動地道。

「而且我也親眼看到她用自己的電話登入那個帳號……」卡樂B黯然。

「……是誰？」

「張春梅。」米八志得意滿地道。

「誰？」

「呃……」米八呆了。

「就是跟班A。」Wiki答道：「也就是雪揚她們搞的鬼。」

「原來她叫春梅啊……難怪別人叫她跟班A，她也不介意。」

「抱歉，我勸止過她們，還吵了場架，但……」卡樂B幾乎要哭出來。

青青說不出話來，卻感覺到那顆崩潰碎裂的心，似乎開始復原。

「所以我們在制定復仇大計！」米八握拳道：「去起那張春梅的底，將她不可告人的秘密公諸於世，再順道一找雪揚的黑材料，給她們一個教訓！這還不滿足的話，還可以將校長和訓導主任都拖下水，正好我有他們用人唯親及職場性別歧視的線索，再深挖的話一定能找出把柄！」

「你怎麼這樣亢奮，都不像我認識的米八了……而且這復仇的規模也太大了吧？」

「不，比起復仇，為青青解困才是最重要，我已經收集了好幾十篇論文及專欄文章，加上小說、漫畫、劇集及電影的數據分析，足以證明血腥獵奇要素，在流行娛樂文化中已經愈來愈普遍，加上你所描繪的解剖場景有好幾處都不符合現實，證明你只是個緊跟潮流的愛好者，而不是執行者。」Wiki說。

「我怎麼感覺你這是在嘲笑我……」

「這樣誰會懂啊，我覺得還是該動之以情，向眾人展現出青青的真正為人，讓同學們明白，青青的愛好雖然有點偏激，但她的人還是很親切的，就像男生不都是喜歡看色情片嗎？也沒人會杯葛他們呀。」卡樂B說。

「別將這兩者相提並論啊……」

青青瞇著眼望著她們。

「好了，那你到底怎麼選？」三人同聲問道：「是報仇雪恨、說之以理還是動之以情？」

「我——」

上課鈴聲竟不識趣地響起，打斷了青青的決定，但反倒讓她鬆了口氣，還有時間讓她好好思考。

由於米八和 Wiki 決定走堂去直播校隊的比賽，要待午飯前才回來，於是四人約好一同午飯，同時讓青青做出決定。

先不論她們所提供的選擇，單是她們站在自己一邊的舉動，已經讓青青相當動容。

四人回到課室後，米八便拿起書包，堂堂正正地離開課室，從未走過堂的 Wiki 則鬼鬼祟祟地跟在後面。

青青雖然安座位上，但頭腦仍然相當混亂。

「復仇？那當然爽快，但後果呢？我雖然也想對張春梅還以顏色，但米八的做法似乎又太過火了。何況，這真的是我當下最需要的嗎？」

「說之以理？這更不用想了，Wiki 那一套只會讓我變得更加生人勿近……但，讓人了解我的愛好是怎麼一回事，似乎也是好事……」

「動之以情？感覺是最沒新意，但最有效的……可是、可是……」

青青趴在桌上，將頭埋到兩臂之中。

然後，她發現了一件奇怪的東西被藏在她的抽屜裡。

「是惡作劇？還是欺凌……」

青青謹慎地將那東西抽出來，這才發現是一本常見的功課簿，封面寫著《陰暗角落生物》。

翻開一看，竟畫滿了圖畫，再一細看，原來是一個用圖畫串聯成的故事。

這是一本手繪的繪本。

這繪本描繪著毒菇和青苔成為朋友後的故事，他們不甘活在陰暗與潮濕的角落，於是一同踏上冒險之旅，尋找屬於他們的陽光。幾經辛苦之後，他們才發現，陽光耀目得刺眼，還伴隨著他們所承受不了的熾熱。最後，他們只好回到那陰暗的角落，然而，當他們從那

角落中望向外面，卻發現太陽雖然照不進來，他們卻望得見陽光普照的世界，這份景觀，就是屬於他們的太陽。而且在這陰暗與潮濕的角落，還有著與他們臭味相投的伙伴，還有著，彼此。

青青拭了拭眼角，然後合上了這神秘的繪本，讓它變回平凡的功課簿。

「有點想喝奶茶了呢……」青青望向窗外，窗外風和日麗，綠樹和百花在艷陽下閃閃生輝，那是因為他們正頂著烈日的曝曬。

青青想通了，她發了一條短訊到飯友會的群組：「決定好了，我選擇待在陰暗處笑看世外，他們要怕我就怕吧！」後加幾個囂張地笑的 emoji。

然後，她突然想到，校隊的比賽似乎開始了，不知亦風會否被她影響而變得狀態低落，害得校隊輸球，也不知胡賢經過了連串特訓後，表現又會如何。

於是，她徐徐地掏出電話，在書枱的掩護下點開了米八的直播連結——

亦風的表現卻令人意外的兇猛，就似是在發洩一般，接連向著對方球門發起強烈的攻勢，射出了好幾腳僅僅是差之毫釐的射門。

「呼，這就好。」青青欣慰地道。

「你在幹什麼，現在在上課……」青青的鄰座發現了想制止她，卻被青青一個眼神嚇得縮回去了。

青青忍不住笑了，心中暗爽：「被人畏懼著，似乎也真的不錯呢。」

午飯的鐘聲響起。

青青沒有赴飯友會的約，而是拿著那本功課簿走上了天台。她在天台轉了好一會，才在一個陰暗的角落找到了胡賢，只見他將自己抱成一團，抽泣著。

青青什麼也沒說，就在他身邊坐了下來。

胡賢望了望青青，然後狼狽地拭擦眼淚和鼻水，再說道：「你、你不是約了飯友會吃飯嗎……」

「飯友會？我現在是失敗者聯盟的成員啊。」

「都怪我，才會輸掉比賽……」

「就是呢，畢竟荒廢了兩年多，才不是幾個星期的特訓就能彌補的。」

「嗚……你不打算安慰我嗎？」

「你需要安慰嗎？好啊，我這就開始在功課簿上寫本小說來安慰你！」青青笑道。

「你、你怎麼知道那是我畫的？」

「太多線索了，首先你不論上課或是在圖書館，都總是拿著筆，但看揮筆的角度分明就是在畫畫。」青青說道：「而且你對創作還那麼有見解，顯然就是自己都在創作著什麼，加上我在開學那天就見到你看著《叮噹》在傻笑。」

「咦？那時你是和我在同一輛小巴的嗎？」

「對啊，你還搶了我的專座！」

「專座？啊，難怪你今早會要我讓位。」

「說起來，為什麼除了今天，我就只在開學那天遇過你呢？」

「因為調到新的班級，很不安，所以前一晚失眠了，就早了出門口吧？之後習慣了，都如往常一樣，趕最後的那班車……慢著，我看《叮噹》算什麼線索，我看你根本沒推理的天分吧？」

青青笑了。

「你笑什麼？」

「才不告訴你！」青青站了起來，又想起一事，便問道：「對了，為什麼你是青苔啊？」

「青苔和球場的草地不都是綠色嗎？不近看就分不出來，而我就是那被誤會成綠草，還被搬了去球場的倒霉青苔……」

「呵呵，你之前不是很受歡迎，被女生圍住，很囂張的嗎？現在又懷念起陰暗的角落了？」

「什麼現在，一直都想念著，又不是我想去踢校隊的，對我來說，和朋友踢踢野球就已經很滿足了，況且我哪有被女生圍著啊？」

「嗯？卡樂B不是總為你斟茶遞水嗎？」

「嗯？她不是球隊的經理人嗎？」

青青想笑，卻又笑不出來。

藍天、白雲、清風、烈日……還有時熱時冷的氣候。

這就是香港的秋天。

也是青春的秋天。

這天，林青青如常地被6時28分的鬧鐘吵醒，梳洗過後，如常地在7時32分出門，她悠閒地在街角的茶餐廳買過麵包，然後如期地來到小巴站，並搭上了小巴。

但這次，青青沒有坐到她私自認定的專座上，而是坐在了旁邊的雙人座，因為她離遠就發現胡賢正拼命的跑來。

胡賢上了車，青青望著他，然後拍了拍自己身邊的座位。

—完—

一不小心
我的青春
風起雲湧

一不小心我的青春風起雲湧

花漾 05

作者　謝鑫
插圖　Mimi Szeto
編輯　小尾
策劃　余兒
校對　伍秀萍
設計　siuhung
出版　創造館有限公司
　　　荃灣美環街 1-6 號時貿中心 6 樓 4 室
電話　3158 0918
發行　泛華發行代理有限公司
　　　香港新界將軍澳工業邨駿昌街七號二樓
印刷　美雅印刷製本有限公司
出版日期　2023 年 7 月
ISBN　978-988-76569-6-8
定價　$78
聯絡人　creationcabinhk@gmail.com

創造館 CREATION CABIN

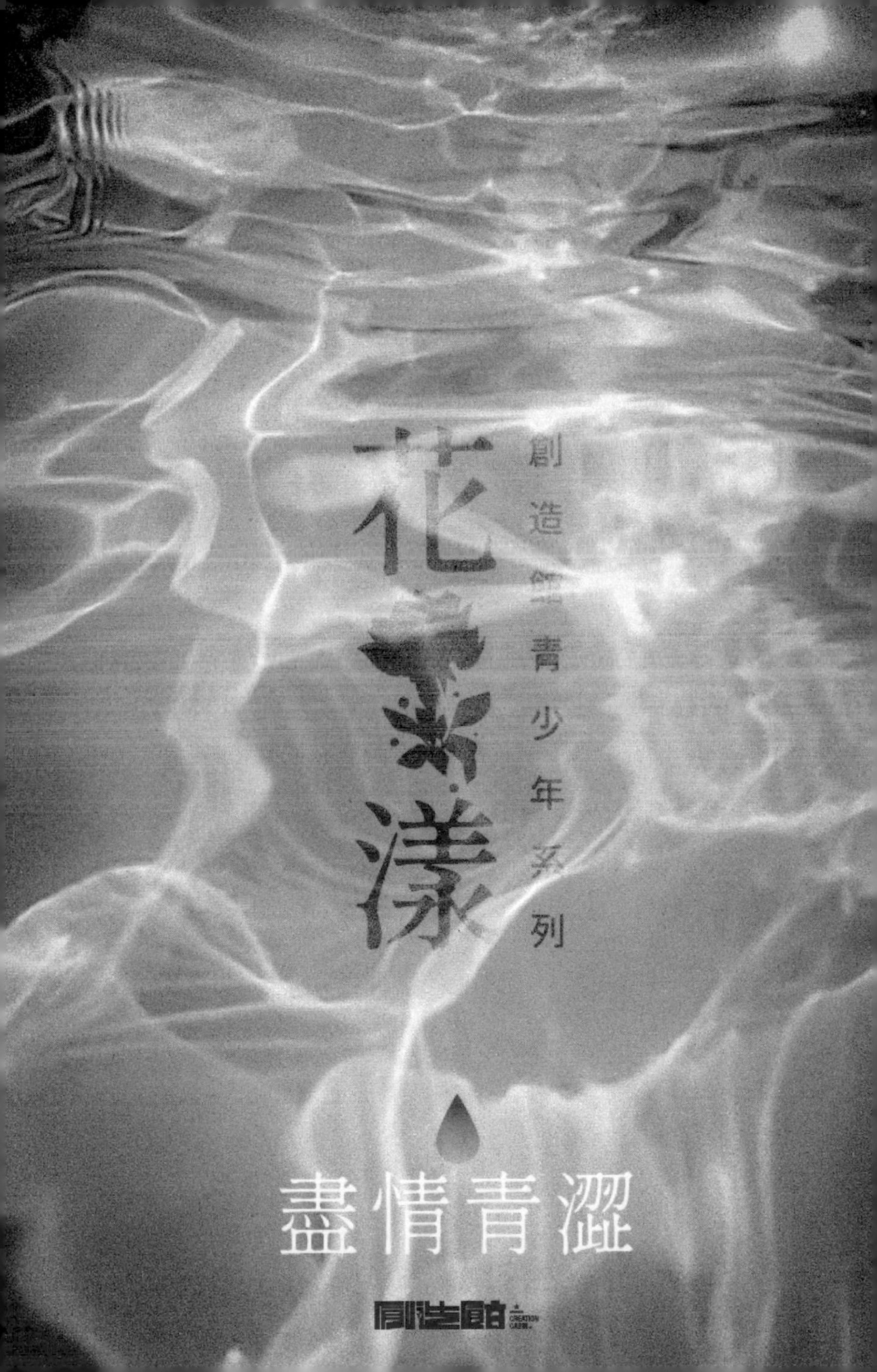
創造館青少年系列
花漾
盡情青澀
創造館 CREATION CABIN

KEEP CREATING

創造十年

CREATION CABIN LIMITED

10TH ANNIVERSARY